お化け退治

大江戸秘密指令4

伊丹完

二見時代小説文庫

目次

お化け退治——大江戸秘密指令4

第一章　胴斬り

一

　江戸の春は正月から始まる。門松は冥途《めいど》の旅の一里塚などと詠まれているが、老いも若きも元旦にみな一斉にひとつ歳《とし》を重ねるので、初春はめでたいのだ。年齢を気にする女人にとっては、それほどめでたくないかもしれないが。

　勘兵衛《かんべえ》長屋の店子《たなこ》たちも正月早々は世直しのお役目もなく、三が日は世間並みに餅ばかり食ってのんびり過ごし、七日の七草粥や十一日の鏡開きはせぬまま、十五日に木戸の脇の門松と注連縄《しめなわ》を片付け、ようやく正月気分も終わる。春とはいえ、まだ肌寒い日が続くが、世間をあざむく店子の小商人《こあきんど》や職人も日常生活に戻っていく。大きな騒動も特になく、江戸の町は平穏のうちに一月の晦日《みそか》を迎えた。

「旦那様、今年になってひと月、無事に終わりましたね」

若い番頭の久助《きゆうすけ》に言われて朝の茶を飲みながら、勘兵衛はうなずく。

「平穏無事、なにもないのがなによりだ。昨日のうちに井筒屋《いづつや》さんから晦日のお手当も頂戴したし。さ、朝の見廻りに行ってくるよ」

「行ってらっしゃいまし。朝餉の支度はお帰りまでに調《ととの》えておきます」

日本橋《にほんばし》田所《たどころ》町《ちよう》の横町にある小さな絵草子屋《えぞうしや》、亀屋《かめや》の主人をしながら、勘兵衛は店のすぐ脇の長屋の大家も兼ねている。それゆえ、長屋の名前が勘兵衛長屋。木戸を入ると井戸端でお梅《うめ》が大根を洗っていた。

「大家さん、おはようございます」

「ああ、おはよう。お梅さん、いつも早いね」

「早寝早起きは無病息災の秘訣でございますから」

九人の店子のうち、一番年長のお梅は六十をいくつか越している。正確な年齢は明かさないが、正月にひとつ増えたから六十三、四といったところ。五十一になった勘兵衛より一回りほど上である。早起きなので、毎朝、長屋の木戸を開けるのはお梅の役目なのだ。

ふたりの話し声が聞こえたらしく、店子たちがみなぞろぞろと顔を出す。

「おはようございます」

「おはようござんす」

「おはようござる」

「はい、みんな、おはよう」

勘兵衛は鷹揚に挨拶する。

北側の一棟に五軒、南側の一棟に五軒、路地を挟んで二棟向かい合わせの十軒長屋で、中ほどに井戸、奥に掃きだめと厠《かわや》があり、一軒の間取りはいずれも九尺二間。江戸じゅう、どこの町にもあるごくありふれた裏長屋である。

木戸を入って北側のとっつきが産婆《さんば》のお梅、その隣から順に大工《だいく》の半次《はんじ》、ガマの油売りの浪人橘左内《たちばなさない》、鋳掛屋《いかけや》の二平《にへい》。南側が手前から箸《はし》職人の熊吉《くまきち》、小間物屋《こまものや》の徳次郎《とくじろう》、大道易者《だいどうえきしゃ》の恩妙堂玄信《おんみょうどうげんしん》、飴屋《あめや》の弥太郎《やたろう》、女髪結《おんなかみゆい》のお京《きょう》。北の端っこが空き店なので、住人は九人。今朝も顔触れは全員揃っている。毎朝欠かさぬ見廻りは挨拶であり点呼であり、お役目の通達や確認でもある。

「一月も今日で最後、みんな、このひと月なにもなかったな。無事でなによりだ」

「あ、大家さん。今日が晦日ってことは、店賃の日ですね」

大工の半次が相好《そうごう》を崩す。

「そうだよ。井筒屋の旦那は今夜は来られないとかで、たいした用意もできないが、わたしたちだけで一杯やろう」

「そいつは、ありがてえ」

みんな顔を見合わせ、にっこりする。

世間一般の長屋では、月末までに大家が店賃を集めて、長屋の持ち主である地主に届けることになっている。地主はたいてい表通りの大店《おおだな》で、雇われて長屋の世話をするのが大家の役目なのだ。

だが、世間を欺く勘兵衛長屋は違っている。土地と家作《かさく》の持ち主は通旅籠町《とおりはたごちょう》の地《じ》本《ほん》問屋、井筒屋作左衛門《さくざえもん》であり、勘兵衛は井筒屋の出店の絵草子屋を任され、長屋の差配となっているが、店賃は集金しない。逆に毎月晦日になると、亀屋の二階でささやかな宴席を設け、招いた店子たちに店賃として毎月の手当を支給する。

大家が店子にごちそうして店賃を配る、そんな奇妙奇天烈な裏長屋がどこにある。それがここ、田所町の勘兵衛長屋なのである。

晦日の夕暮れ、亀屋の二階に店子一同が集まり、酒宴となる。

「うわ、大家さん、こいつは豪儀だ。今月はなにも働いておりやせんが、三両もくださるんで」

番頭の久助から配られた店賃の包みをさっそく開いて、半次が声をあげる。

「うん、これといって働きがなくても、みんながいてくれるおかげで、この江戸は安泰なんだ。遠慮なく貰っておくれ」

「へっへ、遠慮なんてしませんけど、世の中、平穏だと、ちょいと退屈です」

「なに言ってんだい、半ちゃん」

小間物屋の徳次郎が半次の顔を覗き込む。

「おまえ、正月早々、お役目のないのをいいことに、三座《さんざ》の芝居に通ってただろう。どこが退屈なんだよ」

「見破られたり。今年の曾我《そが》狂言は堺町《さかいちょう》が一番だね。上方《かみがた》からくだってきた二枚目の役者、ええっとなんていったかな。色男のおまえに似ていい男だよ」

「知るかい」

半次はこの春に三十、徳次郎は二十六になったが、どういうわけか馬が合って軽口を言い合うのが楽しいようだ。

「大家さん、あたしなんぞ、一日外を歩いて鍋や釜を直しても稼ぎは百文あるかないかです。正月はまったく働かず、お役目もないのに、三両も頂戴して、申し訳ない気がします」

小柄で丸顔の鋳掛屋の二平が色黒の顔をつるりと撫でる。商家の奉公人の給金が年に三両ほど、屋敷奉公の足軽の年俸でさえ三両一人扶持。たったひと月、長屋に潜んでいるだけで三両とは大層な金額だ。

「なに言ってるんだね。二平さん、いつお役目がくるかわからない。待つのもわたしたちの仕事のうちだ。おまえさんの働き、いや、みんなのおかげで江戸の町がどれだけ暮らしやすくなっているか。その三両はわたしが出してるわけじゃない。お殿様から、くだされたもの。喜んでお受け取りなさい」

「へい、ありがとう存じます」

二平は金の包みを押しいただく。

お殿様というのは公儀老中を務める羽州《うしゅう》小栗《おぐり》藩七万石の当主、松平《まつだいら》若狭介《わかさのすけ》信高《のぶたか》。勘兵衛長屋の店子たちは職人や小商人や香具師《やし》を生業《なりわい》としているが、それは世を忍ぶ仮の姿。実は全員、若狭介からの指図で動く隠密なのだ。その使命は世の不正を糺《ただ》し、悪人を懲らしめ、悪事を未然に防ぎ、町の平和を守ること。勘兵衛長屋は老中若狭介直属の隠密長屋。毎月末日に支給される手当は小栗藩から井筒屋作左衛門を経由し、勘兵衛の手で店賃として店子一同に配られる。

「しかし、大家さん。江戸の町はわたしたちの手で、はたして平穏になったのでしょうかな。今年の江戸の運勢は昨年同様、波乱はあっても、なんとか乗り切れると出ておりますが、波乱それ自体、平穏とは申せませんので」

易者の恩妙堂玄信が首を傾げる。

「玄信先生、昨年の秋に長屋が出来上がり、わたしが大家になったのが中秋の八月。それ以来、お殿様のお指図で、何度も大仕事を成就しました。たしかに波乱はありましたが、みんなで力を合わせれば、怖いものなし、わたしはそう思っておりますよ」

「なるほど、おっしゃる通りです。ますます運気は上昇いたしますので」

九人の店子は一見、裏長屋の庶民だが、それぞれ小栗藩の家中から江戸家老田島半太夫《だゆう》によって選び抜かれた異能、特技の持ち主である。

四十半ばで小太りの易者玄信は元祐筆《ゆうひつ》。易学ばかりか、和漢の書に通じ、古今東西の故事から下世話な戯作《げさく》芸能にも詳しく、歩く生き字引。知識をひけらかすのが玉《きず》に瑕《きず》で、それゆえお役を退き、隠密となる。神田三島町《かんだみしまちょう》の瓦版屋紅屋《べにや》に出入りし、世直しのネタを仕入れる傍《かたわ》ら、一筆斎《いっぴつさい》の筆名で戯作めいたネタを書くこともある。

大工の半次はくだけた職人言葉を駆使して軽口を言う。どこから見ても下町の町人だが元は作事方《さくじかた》。芝居好きが高じて御役御免となり、隠密に加えられた。変装と声色《こわいろ》の名手で、一度会えば相手の特徴を巧みにつかみ、しゃべり方から立ち居振る舞いまでそっくり真似ることができる。

小間物屋の徳次郎は見るからにさわやかな美男。元の身分は江戸詰めの小姓《こしょう》。奥女中との不義が発覚し、切腹を仰せつかるところ、元の素性を捨て隠密に加わる。女とみればうまく取り入り、商家の台所などで小間物を広げて商いしながら、様々な秘密を探り出す。

縁日でガマの油を売る浪人の橘左内は今年四十になった。元は国元の馬廻役《うままわりやく》。剣の達人で御前試合に勝ち抜き、不服を訴える相手を真剣勝負で倒した。国元に居づらくなって江戸に移るが、腕を買われて身分を捨て隠密となる。軽々とした町人の江戸言葉がしゃべれず、浪人で通している。

鋳掛屋の二平は元は国元の鉄砲足軽《てっぽうあしがる》で射撃の名手。鉄砲方が廃止となったので、本所《ほんじょ》の下屋敷《しもやしき》で武器庫の番人を務めていたが、あらゆる武器や火薬に通じるところから、隠密に加わる。

箸職人の熊吉は元は江戸詰めの賄方《まかないかた》。背も高く、横幅は常人の二倍、柔術と拳法の心得があり、素手でどんな相手も倒せる怪力の持ち主。そこを見込まれ、隠密に加えられた。引っ込み思案で目立つことを嫌い、居職《いじょく》の箸職人として、普段は長屋の一室でひとり静かに箸を削っている。

産婆のお梅は元は奥医師の寡婦。女ゆえ医者にはなれなかったが、亭主以上に医術に通じ、数々の薬草の効能にも詳しい。長屋の箪笥《たんす》の小引出しに仕舞ってある気付け薬から眠り薬、風邪薬までなんでも煎じて役立てる。井筒屋の世話で産婆の組合に入り、すでに何人かの赤子を取り上げている。

飴屋の弥太郎と女髪結のお京は元は江戸家老田島半太夫子飼いの忍びであり、身軽で気配を消し、尾行、潜入、盗み聞き、なんでもできる。

曲者《くせもの》ぞろいの店子たちを束ねる大家の勘兵衛は元江戸詰めの勘定方《かんじようかた》。昨年五十になったので隠居を願い出たら、主君若狭介から呼び出され、長屋の大家を命じられた。

ぷっと半次が吹き出す。

「どうしたんだい」

「いえね、大家さん。去年の八月の初顔合わせのことを思い出しましてね。大家さんたら、各々方《おのおのがた》、われら仮初《かりそめ》の親子となり、世のため、人のため、殿のため、尽くそうぞ。大家というより、まるで侍大将みたいに武張ってましたねえ。あっしは思わず、えいえいおうって、雄叫びをあげたくなりましたよ」

半次の声色があまりに勘兵衛にそっくりなので、一同、声を出して笑う。

「そんなこともあったかねえ」

「それが今じゃ、どうです。どっから見ても素町人《すちょうにん》。絵草子屋の主人で長屋の大家そのものですぜ」

苦笑する勘兵衛。

「おまえさんには負けるが、わたしたちの正体が公儀に知れたら大変だ。みんなしっかりと長屋の住人になりきっておくれ」

八月から年末にかけて、いくつかの大仕事にかかわり、悪事の芽を摘むことができたが、隠密たちの働きを知っているのは指令を発した松平若狭介、その側近として隠密を選んだ江戸家老の田島半太夫、元小栗藩の隠密で今は地本問屋の主人となっている井筒屋作左衛門、そして亀屋の番頭の久助。

「大家殿。われらがどんな大手柄を立て、極悪人どもを始末したところで、世間はだれも知らぬ存ぜぬ。拙者、それでよいと思っております」

浪人の左内がにやりと不敵に笑う。

「そりゃそうだ。左内さん、隠密の仕事が世間に知れてはまずい。人を斬り捨てるのも、手加減願いますよ」

「心得ました」

「あの、最初、このお役目に選ばれましたときに」

大きな図体の割に熊吉がか細い声を出す。

「わたしのような者がいったいどんな役に立つのか。それでも、やってみると力を出せるのがうれしかったんですが。今は、この先、人々を苦しめるような大きな悪事がひとつも起こらず、毎月、箸だけ削って、晦日に店賃がいただけるなら、あたしにとっても、江戸の人たちにとっても、これほどの幸せはありません」

「なるほど、熊さんらしいね。たしかに人を苦しめる大きな悪事なんてものは、ないに越したことはない」

「大家さん、あたしは思うんですがね」

弥太郎が言う。

「世の中、たしかに泰平楽ですが、小さな悪事はあちこちにまだまだありますよ」

「ほう、そうかね」

「人殺しはなくとも賭場《とば》じゃ、しょっちゅう、切った張ったです」

弥太郎は賭場や安酒場に出入りし、博徒《ばくと》たちの動きを探るのが得意なのだ。

「居酒屋で飲み代を踏み倒すやくざ者。些細な口喧嘩から殴り合いまでたまに見かけます。これで、ほんとに江戸は平安なんでしょうかねえ」

お京が大きくうなずく。

「ほんとにそうだわね。世の中平和といっても、いやなやつはいっぱいいますよ。すぐに絡んでちょっかい出そうとするげじげじ野郎だっているわ」

「ほんとかい。お京さんに手を出そうとするなんて、太え野郎だな」

半次が目を剝《む》く。

「ふふ、あたしは平気だけど」

勘兵衛は一同を見渡す。

「わたしたちが昨年からお殿様の指図で手掛けてきた世直しの相手は、多くの人々を踏みつけにして私腹を肥やす大物たちだ。悪事で大金をため込み、金の力で悪事をうやむやにする極悪人ども。金さえあれば、どんな非道も許されると思い上がっているそんな輩《やから》が世の中からいなくなり、浮世の帳尻が合えば、御仕置になる悪人も減るだろう。とはいえ、迷惑なやつ、厄介なやつ、黙ってものをくすねるやつ、いやな連中はどこにでもいる。些細な喧嘩や出来心の盗みがなくなるには、民の暮らしがもっと豊かになるしかないのかねえ。まあ、みんな、目を光らせて、悪事の種がありそうなら、持ち寄って話し合おうじゃないか。そしてお殿様に注進して懲らしめる。今日のところは、いやなことは忘れて、楽しく気楽に飲んでおくれ」

「へーい」

初午《はつうま》が過ぎて、二月も半ばともなると、世間はますます春めいてくる。寒さが薄れ、暑くもならず、家でじっとしているよりも、近隣の名所をぶらぶらと歩きまわったほうが楽しい時節である。

そんな長閑《のどか》な陽気の中で、惨劇が持ち上がった。女の亡骸《なきがら》が見つかったのだ。場所は京橋《きょうばし》木挽町《こびきちょう》の東にあたる采女ヶ原《うねめがはら》。冬の間は閑散としていたが、春の夜はぽつぽつと人が集まってくる。ここは名所、それも夜鷹《よたか》の名所だった。

「仏はそのままにしてあるんだな」

「へい」

早朝、定町廻同心の井上平蔵《いのうえへいぞう》が手先に使っている御用聞き、木挽町の茂助《もすけ》が八丁堀《はっちょうぼり》の組屋敷まで注進に駆け込んできた。采女ヶ原は南町奉行所のある数寄屋橋御門《すきやばしごもん》からそう遠くない。井上は小者の太吉《たきち》をとりあえず奉行所まで知らせに走らせ、茂助の案内で出仕前におっとり刀で采女ヶ原に到着した。

現場ではすでに木挽町の町役が待ち受けており、着流しに黒い長羽織、髪を銀杏《いちょう》に結った井上平蔵を見て頭を下げた。

「これは旦那、お手数をおかけいたします」

「うむ」

「どうぞ、こちらでございます」

やじ馬が近づかないように自身番の番人が突棒《つくぼう》を手に亡骸の脇に立っている。すぐ側《そば》に転がった筵《むしろ》、叢《くさむら》に仰向けに倒れている女は場所柄からして夜鷹だと知れた。

「うわ」

女の腹は着衣のまま横一文字にすっぱり斬られており、その鋭い切り口からおびただしい血が流れ出ていた。よほどの剣客による胴斬りと見えた。女の目は驚いたように開かれたままだが、苦悶の表情はなく、瞬時に絶命して転倒したものと思われる。胴体はどうにかつながってはいるが、ほぼ真っ二つだ。平蔵は亡骸に手を合わせる。

「こいつは、み」

見事な、と言いかけて平蔵は言葉を呑み込み、「すさまじい切り口だな」と言い直す。

「ここらは夜鷹の仕事場ですからねえ。よほど悪い客に当たったたんでしょう」

茂助が顔をしかめる。稼ぎの少ない貧しい夜鷹相手では、物盗りの辻斬りではなかろう。

「客とは限らんぞ。ほとんど胴体が真っ二つだ。苦しむ間もなかったか。血は倒れてから流れ出たようだな。これじゃ返り血もそれほど浴びちゃいないだろう。相当の凄腕と見た。腕だけじゃ、こうは斬れない。よほどいい刀だ。とすると、女を買うのが目当てではなかった」

「夜鷹には悪い病気持ちがけっこうおりますから、うつされた男が意趣返しに殺したんでしょうか」

「そいつは逆恨みというもんだ。近頃、物騒な殺しは少ないが、恨みというより、手際から見て、新刀の試し斬りかもしれんな」

泰平の世に武士が斬り合うことは少ない。戦国以前の古刀には実戦を経た値打ちがあるが、新刀の価値は人を斬らねばわからない。切れ味を試すのに罪人を役立てることはあっても、死罪の数は限られている。そこで密かに辻斬りが行われるのだ。夜鷹なら、殺しても足がつきにくいというわけか。

「それはともかく、茂助。この女、見知った顔か」

木挽町の茂助は同心の井上平蔵から手札を預かる御用聞きとして、近隣の芝居町《しばいまち》や采女ヶ原周辺で親分風を吹かせている。

「いえ、存じませんね。白粉《おしろい》は厚く塗ってますが、けっこういい年増《としま》ですよ。四十そこそこってとこか。夜鷹にしてはなかなかの別嬪《べっぴん》ですぜ」

「ここらを仕切っているのはどいつだ」

「采女ヶ原はちょいと広うございまして、決まった顔役はおりません」

「元締めなしの商売か」

「そもそも夜鷹はご法度《はっと》ですから、いつ御番所の手入れがあるかしれません。博徒の顔役は賭場で稼ぐくせに、けちな夜鷹ごときで火の粉が降りかかるのをいやがるんでございますよ」

「そいつは、よしあしだな。好き勝手に稼げても、悪い客に当たると剣呑《けんのん》だ」

「ですから、采女ヶ原に出てくる夜鷹にはたいてい男がついていたりします。顔役がいなくても、用心棒代わりにごろつきの紐付きで。中には亭主が客引きだったり」

　平蔵は溜息をつく。

「亭主に銭を払って、客は木陰の筵の上で遊ぶんだな」

「紐のついてない女もけっこうおりまして、客ともめることもあります。女が思ったより婆さんだったり、客が約束通りの銭を払わなかったりで」

「夜鷹を買おうなんて野郎は、たいてい素寒貧《すかんぴん》だろうよ」

「買うほうも売るほうも貧乏人同士。どちらも哀れなもんでございます」

　夜鷹は吉原《よしわら》や岡場所で働けなくなった女郎のなれの果てが多く、四十五十はざらにいて、中には還暦《かんれき》過ぎの強者《つわもの》もいる。若くていい女なら、かなりの銭を稼ぐが、そんなのは滅多にいない。一晩に百文も稼げばいいほうで、蕎麦《そば》代と変わらぬ十六文で春をひさぐ女もいる。

「町役」

「はい」

「最初に見つけたのはだれだ」

「近所の糊屋《のりや》の婆さんです。陽気がよくなったので、初午は過ぎましたが、早起きしてお稲荷《いなり》さんにお参りに行く途中、ここを通りかかって、腰を抜かしました。なにかお尋ねになることがあれば、番屋で休ませてますんで」

「そいつはご苦労。今月は南の月番だ。御番所に小者を走らせたから、あとで検死の役人が出張《でば》ってくるだろう。こんなところに野ざらしも酷だ。そこに転がった筵を被せて戸板で番屋まで運んでくれ」

「承知いたしました」

夜鷹殺しの噂はたちまち江戸じゅうに広まり、正月から平穏だった江戸の町は血なまぐさい噂に終始した。

二

江戸城本丸の老中御用部屋で、八つの太鼓が鳴ったあとも松平若狭介はひとりぼんやり考え込んでいた。城内でのそれぞれのお役目は七つの終業が目安であるが、老中に限っては一刻早い八つとなっている。

さきほどまで五人の老中で膝突き合わせて話し合った。北町奉行の空席がひと月以上埋まらないが、どうしたものかと。町奉行所は江戸の町の治安を守り、五十万にのぼる町人の行政を司《つかさど》り、訴えを受けて裁きを行う重要な機関であり、激務のため北と南に奉行所を置き、ふたりの町奉行が月交代で事案を処理する。

昨年十一月に北町奉行の柳田河内守《やなぎだかわちのかみ》が不慮の死をとげた。違法な高利の貸し付けを行っていた津ノ国屋吉兵衛《つのくにやきちべえ》が数々の悪事露見に及び小塚原《こづかつぱら》に獄門首を晒した。ご禁制の陰富《かげとみ》で得た巨額の資金を元に幕府御用達《ごようたし》の本両替商を目指し、河内守とは昵懇《じっこん》の間柄であった。町奉行の立場にありながら、津ノ国屋と癒着し多額の賄賂《わいろ》と引き換えに悪事を見逃し優遇していた河内守、目付から不祥事を追及される前に自刃したが、柳田家は断絶となった。

奉行が空席では町方の与力や同心だけで処理する案件は限られ、北町奉行所の業務が滞《とどこお》り、また南町にも負担がかかる。そこで師走《しわす》早々に新任の北町奉行として戸村《とむら》丹《たん》後守《ごのかみ》が選ばれた。丹後守の前職は有能な目付であったので、期待されていたが、年末から行方がわからず、新年に向島《むこうじま》の別邸で惨殺死体となって見つかった。目付時代の厳しさが恨みを買っていたとの噂が流れたが、町奉行が斬られたなどとは公儀の威信にかかわるため、詳しい発表は控えられ、死因は不問とされた。早急に次の北町奉行を決めなければならない。

町奉行といえば旗本にとっては憧れの要職であり、出世の緒ともなる。だれでもいいというわけにもいかず、有能な人材が必要だ。わずかな期間にふたりが非業の死をとげたため、不吉な噂が流れて、だれも後任になりたがらない。

どうしたものかなあ。ふうっと思わず溜息が出る。北町奉行が続けて死んだのには相当のわけがある。松平若狭介が密かにかかわっていたのだ。

若狭介は十一年前に出羽の小栗藩七万石を家督相続した。当時の奥羽《おうう》は打ち続く飢饉で疲弊をきわめていたが、民を養うことこそ治国の基本であるという亡き父の教えを守り、質素倹約と財政刷新で国元を見事に立て直した。餓死者も出さず一揆も起こさず、家臣からも領民からも名君として慕われている。家柄もよく、その実績を老中首座の牧村能登守《まきむらのとのかみ》に認められ、一昨年の秋、老中に就任した。

だが、末席では、どんなに意気込んでも正論が通らない。冷遇に半年耐えたが、いっそ役立たずの老中などやめてしまおうか。そう思ったとき、江戸家老の田島半太夫が型破りな提案をした。江戸の不正を糺し、民の暮らしを守るために、密かに家中から人材を選び、隠密として働かせてはどうかと。さらにかつての家臣井筒屋作左衛門の突飛な発案で、集めた隠密たちを一か所にまとめるため、市井《しせい》の長屋の住人に仕立てることになった。

秋に隠居を願い出た勘定方の権田又十郎《ごんだまたじゅうろう》を長屋の大家勘兵衛とし、隠密たちの差配を命じた。隠密たちはそれぞれ特技の持ち主で、おそろしく手際がいい。十一月に柳田河内守、年末に戸村丹後守の不正を探り出し、ふたりを追い詰めて死に追いやったのは隠密一同の手柄であったのだ。おかげで次の北町奉行が決まらない。世の中、なかなかすんなりとはいかぬものじゃなあ。

おやおや、若狭介様、ご熱心に今日もまた居残りなさっておられる。茶坊主の田辺《たなべ》春斎《しゅんさい》は老中末席の若狭介にけっこう肩入れしている。他の四人のご老中方、みな退出されたが、おひとりお残りならば、例のもの、お見せいたそうか。

「若狭介様、ご精が出ますな」

「おお、春斎か」

「お茶でございます」

「うむ」

若狭介はいつになく暗い表情である。

「ご気分でも優れませぬか」

「いや、大事ない。が、少々困っておる」

「なにかございましたか」

「能登守様がこのほど北町奉行に推挙なされた御仁が体調不良を理由にして辞退したとのことで、次がなかなか決まらぬのじゃ」

「体調不良とは、苦しい言い訳ですな」

苦笑する若狭介。

「先月は町奉行が不在のまま、北の月番であった。このままでは南の負担が大きいと磯部大和守《いそべやまとのかみ》殿にせっつかれてのう」

「なるほど、南のお奉行大和守様は可もなく不可もなく、さほどできるお方ではありません。亡くなられた丹後守様は切れるお方でしたから残念ではございますが、いくら切れても斬られては仕方ありますまい」

若狭介は眉をしかめる。

「これ、滅多なことを申すな。丹後守殿が斬られたなどと」

春斎はあわてることもなく、ぺこりと頭を下げる。

「失言いたしまして、ご容赦くださいませ。ですが、人の口に戸は立てられませぬ。腕の立つ丹後守様、いったいどのような剣客《けんかく》が相手をしたのであろうかと、城中で噂になっております。まあ、お咎めを恐れて腹をお召しになった河内守様よりはましでございましょう。柳田家はお取り潰しとなりましたが、戸村様はご先代が京都《きようと》町奉行と長崎《ながさき》奉行を務めておられた名家ゆえ、幼い世継ぎがいて、御家は潰されずに延命したとか」

「そのほう、そんなことまで存じおるか」

「わたくしだけではございません。同朋《どうぼう》仲間はみな知っております。城中の噂話はわれら茶坊主の世渡りでございますから」

田辺春斎は親の代から茶坊主である。身分は直参《じきさん》御家人、江戸城内の詰の間で大名や旗本に茶を運び、へらへらとお追従《ついしよう》を言いながら、いろいろと噂を耳にする。幕閣の人事、各大名旗本の養子縁組、幕府行事の動向、そして不祥事の陰口など。お追従まじりの世間話で仕入れた噂、今度はそれを聞きたがる別のところでお追従まじりに耳打ちすると、いくばくかの心づけとなる。

「油断ならぬのう」

「ははあ。その分、お役に立ててくださいますれば」

春斎は頭を深く下げながら、悪びれることもなく、にやりと笑みを浮かべる。

「まあよい。わしもそのほうの噂話は嫌いではないぞ。世の中、平穏無事とはいえ、町奉行がひとり欠けたままでは、民の暮らしもままならぬ。どうしたものかのう」

「はて、世の中、そう平穏無事でもございませぬが」

それを聞いて訝《いぶか》しがる若狭介。

「平穏無事でないと申すか」

「大きな騒動こそございませぬが」

「なにか小さな珍しい噂でもあるのか」

「はい、大きいか小さいかはともかく、世間を少々揺るがすほどの奇妙奇天烈なる一件」

「ふふ」

若狭介は笑う。

「奇妙奇天烈とな」

「いささか珍奇にして血なまぐさく、不浄な噂ながら、これに」

春斎は恭《うやうや》しく一枚の瓦版を差し出す。

「おお。また読売の戯《ざ》れ絵か」

采女ヶ原の夜鷹の胴斬りを知らせる瓦版。描かれているのは腹のあたりで胴体が真っ二つになった女。上半身と下半身が離れた場所にありながら、あまりに見事に斬られているため、斬られたことに気づかずに女が笑いながら手招きしているのである。すぐ横で手招きされている浪人風《ふう》の髭面《ひげづら》の武士が血刀を振り上げており、これが女を斬ったのであろう。

若狭介は去年の秋に春斎から見せられた瓦版のことを思い出していた。下谷《したや》で辻斬りに遭った男が首を斬り落とされたのに気づかずに、自分の首を提灯《ちょうちん》のように胸の前に抱えて歩いている図であった。

「いかがでございましょう。お気に召していただけましたか」

老中ともなれば、下々《しもじも》の出来事に目を配ることも大切と言いながら、生真面目で正義感の強い若狭介が案外に下世話な出来事、盗賊や人殺しの騒動に興味を示すことを春斎は知っている。

「そのほう、昨年に見せてくれた辻斬りの瓦版も面白かったが、真っ二つの女が笑っているなど、これも一興じゃ」

ありがたい。これでいくらか心付けが頂戴できる。ほくそ笑む春斎であった。

「だが、春斎。胴が上と下に離れて、首が笑っているなどと、そのようなことがあろうか。女を殺したのが髭面の浪人に描かれているが。大げさな子供騙しが売り物の読売、どこまで信じてよいものやら」

たしかにまやかしの嘘偽りであろうが、ここはなんとか、心付けは頂戴したい。

「瓦版など、売るためにはどのようなまやかしももっともらしく描きましょう。胴体をふたつにされて笑っているなどありえませぬ。殺したのが浪人かどうかも定かではありますまい。ですが、采女ヶ原で夜鷹が殺されたのは巷《ちまた》で噂になっておりますので、そこだけは間違いないと存じまする」

「物騒な人殺しが世間を騒がせておるのは、まことと申すか」

「泰平の世に血なまぐさい一件、世間は多少は震え上がりながらも、どこか面白がっておるのでしょう」

それゆえ、悲惨な人殺しを面白おかしく描いた瓦版が売れるのであろう。だが、面白がるばかりでは世直しにはならぬ。

昨年、辻斬りの瓦版を目にした若狭介は不審に思い、当時の町奉行に問うたところ、下谷で辻斬りなどないとの答え。そこで勘兵衛長屋の隠密たちに詳しく調べるように指示した。そこから巨悪が見つかり、悪を懲らしめる世直しに結び付いたのだ。

「春斎、またなにか、戯言《ざれごと》のような噂話があれば、聞かせてくれ」

若狭介は紙に包んだ心付けをそっと手渡す。

「ははあ」

包みを懐《ふところ》に忍ばせ、畳に額をすりつける春斎。

「ありがたきしあわせに存じまする」

「うむ」

今回もひとつ、町奉行に夜鷹殺しの一件を問いただし、脈がありそうならば、長屋の一同を動かしてみよう。先月はめぼしい騒動がなく、大家勘兵衛も店子たちもみな退屈しておろう。

日本橋通旅籠町の大通りに面した大店の地本問屋、井筒屋の奥座敷で主人の作左衛門はにこやかに勘兵衛を迎えた。

「ようこそ、お越しなされました。さ、勘兵衛さん、どうぞこちらへ」

「お邪魔いたします。こちらはいつもご商売繁盛で、よろしゅうございますな。わたしのところは、久助がちゃんとやってくれておりますが、絵草子はさほど売れておらず、出店なのにたいして売り上げが伸びませず、申し訳ありません」

「なにをおっしゃいます。亀屋はうちの出店とはいっても、世を忍ぶ隠れ蓑《みの》。そりゃ戯作や浮世絵が売れるに越したことはありませんが、売れても売れなくてもいっこうにかまいませんよ」

「恐縮です。先月はお役目もなく、正月早々骨休めをした上に、月末に長屋の店賃を過分に頂戴いたしまして」

作左衛門は恵比寿顔に笑みを浮かべる。

「なあに、お礼には及びません。お屋敷から下げ渡されたものを右から左にお渡ししているだけです。わたしこそ長屋のみなさんと一献楽しみたかったのですが、大晦日にはうかがえず、先月の晦日も他にちょいと用件がありましてね」

勘兵衛は感心したようにうなずく。

「これだけの大店の井筒屋さんですから、お忙しいこととお察しいたします」

「いえいえ、この歳になりますと、忙しいのも考えもので、還暦過ぎてあくせく働くより、のんびり過ごしたいと思うようになりました」

髪は白くなってはいても、作左衛門は中肉中背でふっくらと温厚そうな顔つき、年齢よりは若々しく見える。

「勘兵衛さん、長屋のみなさんはどなたも仲がよろしくて和気あいあい、飲んで語り合い、しかも世直しのお役目はいつも見事なお働き、感服しております」

お、いよいよだな。勘兵衛は心持ち身構える。

「では、いよいよ、今年最初のお役目でしょうか」

「はい。ご家老様から預かってまいりました。お殿様がこれをみなさんにお見せするようにと」

作左衛門は一枚の瓦版を勘兵衛に差し出す。

「ご覧ください」

「ほう、これはまた」

月夜に女が笑いながら手招きしている。が、その体は上半身のみで、横に腹から下が転がっている。すぐ後ろに血刀を振り上げた髭面の憎々しい武士。

「なになに、夜鷹の胴斬りですと。場所は釆女ヶ原。あ、見覚えのある絵ですね。これ、去年の下谷の辻斬りの瓦版と同じ趣向ではありませんか」

うなずく作左衛門。

「瓦版の絵なんてものは、どれも似たり寄ったりです。でも、勘兵衛さん、いいところに目をつけられましたね。去年お見せした辻斬りは切り落とされた首が胸に抱えられて笑っていました。今度の絵は胴斬りで真っ二つになった女が斬られたことも気づかずに手招きしてるでしょ。絵も構図も文章の文字もそっくり似ています」

「ということは」

「ここの印が版元を示しています」

勘兵衛は瓦版の隅の小さな印を見つめる。

「くずしてありますが、紅《べに》ですかな」

「お見事。半年も絵草子屋をやっておられると、印がわかるようになりますか」

首を横に振る勘兵衛。

「いえいえ、ただのあてずっぽうです。つまり、この瓦版の版元は神田の紅屋三郎兵《さぶろべ》衛《え》ですね」

「よく憶えておられましたね」

「あそこは玄信先生の持ち場でして、ネタ集めに役立つそうです。先生の話では、奉公人は置かず、主人の三郎兵衛がひとりで絵も文も書いているとか。玄信先生が一筆斎の名で瓦版の文を書いたのが、紅屋です」

「そうでした。たしか、最初が隆善上人《りゅうぜんしょうにん》昇天記、次が招福講《しょうふくこう》始末、そして今年の正月に南町鬼退治でしたね」

「さすが、井筒屋さん、よくご存じですね」

「蛇《じゃ》の道はなんとやら。一筆斎先生、藩邸でお殿様の祐筆をなされていただけのことはあり、文がお上手ですよ。隆善上人の瓦版はけっこう売れて、紅屋が儲けたそうです。次の招福講始末はそこそこ、節分の鬼退治は当たり前すぎて珍しくもなく、かえって当たらなかったとか」

「三作とも、わたしたちの世直しをネタにしたものですからね」

「それはちと、気をつけなければ。戯作者の一筆斎と易者の恩妙堂が同じ人間だとは紅屋は知らないでしょうな」

「はい、そこは心得て、紅屋には一筆斎の住まいも教えておらず、易者の仕事も知らせず、ただの戯作者くずれと名乗っているとのこと」

「どこから身元がばれるか、気をつけなければ」

「そうですね。じゃ、この瓦版の真偽については、玄信先生に紅屋をあたらせましょう。しかし、采女ヶ原で夜鷹の胴斬りなんて、ほんとにあったんでしょうか」

「多少は町の噂になっているようですが、勘兵衛さんはご存じありませんか」

「夜鷹殺しねえ。いっこうに知りません。世直しの種になるような悪事なら、それとなく目を光らせているつもりですが、夜鷹の胴斬りはわたしの行く湯屋《ゆうや》でも耳に入ってきません」

「この瓦版を入手されたお殿様が、あまりに不気味なので南町奉行の磯部大和守様に尋ねられたとのこと。夜鷹殺しの噂があるがそれはまことかと」

「ほう。で、町方の返答は」

「町の治安は大切なので気配りはしているが、北町奉行がふたり続けて亡くなり、今は空席のまま、南の負担も少なくない。なにぶん殺されたのが夜鷹であり、吉原以外で春をひさぐのは違法なので、騒ぎが鎮火せぬようなら、売色は厳しく取り締まる。北町奉行が不在なのをいいことに、多忙を口実に下手人《げしゅにん》の調べもたいして熱心ではないようです」

「では、瓦版の通りの夜鷹殺しはあったんですね」

「そっくりそのままではありませんが、町奉行の言うには、采女ヶ原で夜鷹が腹を大きく一文字に切り裂かれて殺されたのは事実。夜鷹の身元はおいおい調べているが、下手人もわからず、なにゆえに殺されたかも不明」

「おぞましいですな」

「それで、お殿様からのご伝言をご家老から承《うけたまわ》りました。夜鷹とて江戸の民である。町方の調べはあてにできぬ。夜鷹殺しの真相を調べ、悪事があるなら追及せよとのご下命《かめい》です」

「承知しました。お殿様からのお役目のお指図、みな首を長くして待っておりますので、喜びましょう」


亀屋の二階の八畳の座敷に集まった店子一同に番頭の久助が酒と肴《さかな》を配る。

無礼講なので席の決まりはないが、北の上座に勘兵衛、今夜は勘兵衛の隣に易者の玄信、右手の東側窓際に浪人左内、大工の半次、鋳掛屋二平の三人。反対側の壁際には小間物屋徳次郎、箸職人の熊吉、産婆のお梅の三人。南側下座に飴屋の弥太郎、女髪結のお京、隣に番頭久助も同席する。

「今夜はみんな、集まってくれてご苦労さんだね。今日、井筒屋さんから呼び出された。お待ちかねだろ。お殿様からの今年最初のお指図が出た」

「おおっ」

一同から声があがる。

「待ってました」

半次が芝居小屋のような掛け声をかける。

　勘兵衛は例の瓦版を取り出し、みなに見せる。

「今回の用件は、まず、この瓦版だ。回すから順番に見てくれないか」

　瓦版は勘兵衛の手から玄信に移り、そこから左内、半次、二平へと回され、下座の久助、お京、弥太郎、西のお梅、熊吉、徳次郎と回って勘兵衛に戻る。

　瓦版の絵を見て、みんなはそれぞれ、おおとか、わあとか、ほうとか、驚きや感心の声を出す。

「みんな、どう思う。采女ヶ原で夜鷹が殺されたなんて噂、聞いていたかい」

「大家さん」

　玄信が言う。

「この瓦版はわたしが出入りしている神田の紅屋のものでしょう」

「そうですよ、先生。わかりますか」

「この絵も文字も紅屋三郎兵衛の手です。彫師《ほりし》や摺師《すりし》はその都度《つど》声をかけますが、文と絵は版元の紅屋が全部ひとりでやっております。例の隆善上人と招福講と師走の鬼退治だけはわたしが手慰みで戯作めいた文を書きましたが、絵はやはり三郎兵衛でしたから」

「先生」

半次が言う。

「隆善上人の昇天記は評判でしたね。招福講も津ノ国屋が獄門になったんで、ちょっとは売れたでしょ」

「まあね」

「でも、先生。師走の鬼退治、来年のことを聞いて鬼が笑ってる洒落《しゃれ》はうまいと思いましたが、あんまり売れなかったんじゃ」

玄信は苦笑する。

「いいんだよ、半さん。売れても売れなくても、瓦版の稿料は雀《すずめ》の涙だからね。彫師や摺師の手間賃のほうがよほどいいよ」

「そんなもんですかねえ」

「先生、井筒屋の旦那が感心してましたよ。さすが元お屋敷の祐筆だけあって、うまいもんだと」

「やめてくださいよ、大家さん。わたしが紅屋の話を持ち出し、とんだ横道にそらしてしまい、失礼しました。それより、お殿様のお指図の話、進めてくださいな」

勘兵衛はうなずく。

「はい。そうでした。では、みんな、今回のお指図、今見てもらった瓦版の絵にある夜鷹殺しのことを詳しく調べるようにとのご下命だ」

　徳次郎が首を傾げる。

「夜鷹殺しの真相が世直しになるんでしょうか」

「お殿様が町奉行にお尋ねなされたところ、采女ヶ原で夜鷹が殺されたのはほんとうで、真っ二つとまでいかなくとも、腹は横一文字に切り裂かれていた。夜鷹の身元と名前はどこまでわかっているのか、奉行は多忙で夜鷹殺しは眼中にないらしい。なにしろ、北町奉行が続けてふたり不慮の死をとげて後任が決まらず、北も南もそれどころではないとのこと。女の身元や人殺しの真相を手分けして調べて、どんな悪事につながるか、世直しの種になるかどうか、そこのところを調べてほしい」

　一同がうなずく。

「ならば、縁もあることだし、わたしが瓦版の版元、紅屋をそれとなく探ってきましょう」

「はい、玄信先生には紅屋をお願いします」

「承知しました」

「あの、よろしいかな」

　左内が言う。

「なんでしょう、左内さん」

「拙者、思うに、瓦版の絵のこと。胴斬りがまことならば、これは相当の遣い手でありましょう。着物の上から骨も肉もすっぱりと両断するなど、腕がよく、膂力《りょりょく》もあり、一刀のもとにそこまで斬るには刀もまたよほどの名刀でなければ、折れたり曲がったりいたしますぞ」

「ああ、なるほど。瓦版の絵は大げさですが、女が着物のまま腹をすっぱり切り裂かれていたのはほんとうらしい。刀も遣い手も優れているというわけですな」

「さよう。名刀を持つ剣客が下手人かもしれませぬ」

勘兵衛はうなずく。

「それも手掛かりになりましょう。あとは釆女ヶ原だが、夜鷹に詳しいのは、だれかいるかい」

みんな顔を見合わせる。

「だれもいないのかね。半さん、おまえさん、大工だから、仲間と夜鷹殺しの噂などは出るんじゃないか」

「へっへ、あっしの道楽は芝居見物ぐらいで、酒はほどほど、打つほうも買うほうも、あんまり縁はありませんね。仕事仲間とはたまに岡場所ぐらいは行きますが、夜鷹は買ったことないなあ。あ、そうだ。徳さん、おまえどう。女にもてるだろ」

　徳次郎は顔をしかめる。

「いやなこと言うなよ、半ちゃん。あたしは夜鷹どころか、吉原の廓《くるわ》にも深川《ふかがわ》や根津《ねづ》や音羽《おとわ》の岡場所にも品川《しながわ》や千住《せんじゅ》や板橋《いたばし》の宿場にも行きません。女は買うものじゃありませんから」

「え、きっぱり言うねえ。その割にいろいろ色里の場所に詳しいな。徳さん、吉原には行ったことあるだろ」

「うーん」

「ほら、前にふたりで飲んだとき、吉原でもてた話、自慢してたじゃないか」

「ちぇっ」

　舌打ちする徳次郎。

「正直に言うと、お屋敷勤めのとき、吉原だけは話の種にちょっとだけ付き合いで行きましたけど。それだけだね。岡場所とも宿場の飯盛りとも夜鷹とも無縁だよ」

「へっへ、やっぱり徳さん、吉原にだけは行ってるんじゃないか」

　半次はみんなの顔を見回す。

「大家さんをはじめ、みなさん、お堅いようで、いらっしゃらないかなあ。二平さんはどう」

そっぽを向く二平。

「行ったことないの。熊さんも左内さんも行かないだろうし。他に行ってそうなのは、玄信先生ぐらいか。ねえ、先生」

「わたしは知らんよ」

「へえ、そうですか」

勘兵衛は半次を制する。

「やめなよ、半さん。変な詮索をするのは。いや、わたしが悪かった。夜鷹のことは調べてほしいが、買ったか買わないか、吉原や岡場所で遊んだか遊ばないか、そんな話はどうだっていい」

「あたしも聞きたくないわ」

お京が眉をひそめ、半次を睨む。

「へへ、つい羽目をはずしちまった。面目ねえ。みなさん、ご勘弁を」

お梅も横から口を出す。

「そうですよ。それよりもいったい釆女ヶ原でなにがあったのか、どうして夜鷹が切り裂かれて殺されたのか、それを調べることが第一でしょ」

勘兵衛が大きくうなずく。

「うん、お梅さんの言う通りだ。お殿様からのお指図は、夜鷹殺しを解明し、それが世直しにつながるようなら、さらに深く探ること。みんな、それとなく、夜鷹殺しの噂があれば、集めとくれ。また、ここでみんなで話し合おうじゃないか。特に玄信先生、瓦版屋の件、頼みましたよ」

「心得ました」

三

世間が春めいてくるのはうれしいが、陽気になればなったで、夜鷹が出没し、人殺しに出遭う。物騒な世の中だ。

勘兵衛は昼飯のあと、亀屋の帳場に座ってぼんやりしている。

「旦那様」

台所で昼の片付けを済ませた久助が盆に載った茶を差し出す。

「お茶でございます」

「ああ、すまないね」

「ゆうべは長屋のみなさん、あんまり飲みませんでしたね。いつもなら、お殿様からのお役目のご下命があったときは、張り切って盛り上がるのに」

言われて勘兵衛は軽く溜息をつく。

「それは、今度のお役目が陰惨な夜鷹殺しの探索だからかな」

「いつもはもっと陽気ですのにね。半次さんだけがうれしそうに買ったか買わないかなんてみんなに振るし」

今度は勘兵衛、顔を心持ちしかめる。

「半さんは場を盛り上げようとして、ちょいと下がりすぎた。世間の陽気がよくなり、あの男ひとり浮かれて、長屋のみんなが陰気になった」

「え、旦那様、世間が陽気で長屋が陰気って、洒落ですか」

久助は首を傾げる。

「洒落にもならない。いつもはもっと、みんなが張り切るだろ。悪いやつらをどうやって懲らしめてやろうかと」

「そうですね」

「今度の一件は、まだ悪いやつが見つかっていない。玄信先生が紅屋でなにか探ってくれれば儲けものだ。女の中に入って聞き込むのが得意の徳さんも、釆女ヶ原の夜鷹たちを相手じゃ、ちょいと難しいだろ」

「そうか。徳次郎さんは素人《しろうと》を喜ばせるのは上手なんでしょうけど」

勘兵衛は腕組みしたまま、考え込む。

「今のところ、わたしもみんなが集めてきた話を待つしかないね」

「あ、旦那様、今日は番屋の当番の日ですよ」

「そうかい」

膝を打つ勘兵衛。

「ありがとうよ。うっかり忘れるところだった」

絵草子屋の主人であり長屋の大家でもあるので、勘兵衛は田所町の町役に選ばれ、交代で自身番に詰めることになっている。定番《じょうばん》の甚助《じんすけ》が一日じゅういるので、几帳面《きちょうめん》に出なくても、急用があれば知らせてくれるが、勘兵衛は当番を欠かさない。

「番屋でじっと座っていても、店の帳場で座っているのと変わりないが、じゃ、今からちょいと行ってくるよ」

「それがよろしゅうございます」

甚助はかなりの爺《じい》さんだから、釆女ヶ原とは縁がないだろうが、下駄屋《げたや》の杢兵衛《もくべえ》は同じ町役だから、詰めていれば、なにか面白いことを知っているかもしれない。どうせ店も暇だしな。

「行ってらっしゃいまし」

人形町《にんぎょうちょう》通りの四辻にある田所町の自身番は亀屋からそう遠くない。顔を出すと、定番の甚助が白髪頭を下げる。

「亀屋の旦那、こんにちは、ご苦労様です」

「こんにちは、甚助さん。おまえさんも毎日ご苦労だね」

「ありがとう存じます」

「今日はわたしひとりだけかな」

「はい、どなたもいらっしゃいません」

下駄屋の杢兵衛は来ないらしい。それは残念だ。

「だんだんといい陽気になってまいりましたね。ついこの間、正月になったばかりと思っておりましたが」

「ほんとだよ。二月といえば春も半ばだ」

「この歳になりますと、毎日毎日が瞬《また》く間に過ぎていきますので、すぐにお雛様になり、花見になり、あっという間に七夕《たなばた》、歳の市」

「そこまで早くないだろうが、うまいこと言うね。甚助さん、まだ若いじゃないか」

「とんでもない。もうあと二、三年で古稀《こき》でございますから」

「古稀とはめでたい」

　やっぱり相当の爺さんだ。

「身内はみんな先に逝っちまいまして、だれも祝っちゃくれませんよ。めでたくもありません」

「そうなのかい。世話になってるから、町内の町役で祝おうかね」

「うれしいことおっしゃってくださいますね。じゃあ、それまではなんとか生き延びようと思います。寿命ばかりは、いつお迎えがくるかしれませんが」

「なに言ってるんだよ。まだまだ元気だ。おまえさんに長生きしてもらわないと、町内のみんなが困るんでね」

「定番は楽な仕事でございますから、なりたい年寄りは他にいくらでもいます。隠居仕事みたいなもんですから」

　月々のお手当は知れているだろうが、食うには困らず、番屋で寝起きしていれば、店賃もいらない。さほど弱っていない年寄りには向いた仕事か。

「そうそう、甚助さん。おまえさん、最近、夜鷹が殺された噂、聞いたことがあるかい」

「夜鷹ですか」

「うん、釆女ヶ原で、斬られたそうだが」

「はあ、あそこは夜鷹の名所ですから、冬の間は潜んでいても、そろそろこの陽気で、這い出してくるんでしょうな」

「じゃあ、聞いてないんだね」

「釆女ヶ原は京橋ですから、ちょいと距離があります。あたしなんぞ、ごく近所の噂しか耳に入ってきませんよ」

「そうかねえ」

「以前はちょくちょく行きましたが」

勘兵衛は驚く。

「え、甚助さん、ちょくちょくって、おまえさんが釆女ヶ原へ。夜鷹を買いにかい」

「昔の話ですよ。といっても、かみさんが死んでからだから、十年ほど前かな」

「もう二、三年で古稀なら、十年前は還暦の少し前。へえ、元気があったんだねえ」

「還暦すぎると、さすがにいけませんが、五十代ならまだまだ、若いもんには負けておりませんでした」

小柄でひょろっとした甚助の顔がほころぶ。

「たいしたもんだね。釆女ヶ原にちょくちょく行ってたとは」

人は見かけによらないもんだ。

「かみさんが生きてるうちは、一度も行っておりません。死なれて独りになると、つい寂しくなって、吉原はとても金がかかるという話だし、岡場所だって、やっぱり四、五百文ぐらいはいるでしょう。その頃、あたしは神田で一文菓子屋をやっておりましたから、柳原《やなぎわら》の夜鷹も買いました。でも、釆女ヶ原は女の数が多くて、月明かりに選《よ》り取り見取り、値も手ごろで、まずは二十四文、中には蕎麦一杯と変わらないのもおりました」

さらに驚く勘兵衛。

「蕎麦一杯というと、十六文。そんなに安いのかい」

「いろいろですが、あそこは屋根もなければ、畳も壁もありませんからね。でも、あんまり安いのは、ちょいと危のうございます」

「というと」

「悪い病《やまい》をうつされるという話です。あたしは運がよかったのか、何度通っても、そっちのほうは大丈夫でしたが」

甚助の歳で十年ほど前まで何度も夜鷹を買っていたとは。勘兵衛は連れ合いの信乃《しの》が三年前に流行《はや》り病で亡くなってから、遊里はおろか、色気のあるところへは一度も行ったことがない。いや、信乃が生きている頃も浮気はしたことがなかった。根っからの野暮な堅物なのだ。

「一文菓子屋はかみさんが死んで、講《こう》が当たって閉めまして、吉原にも岡場所にも行かず、分相応の安い夜鷹止まりでした。今じゃしがない番屋暮らし、もう一生、色事と縁はございませんよ」

古稀に近ければ縁はなかろう。だが、世の中には金で女を買って遊ぶ男がたくさんいるのだ。甚助はもう相当の老人だが十年前にはまだ夜鷹を買っていたとは。人間、色欲とはなかなか縁が切れぬものと見える。だからこそ、吉原や岡場所があり、采女ヶ原には蕎麦一杯で買える夜鷹が出るのだ。

戸口で「番、番」と大声がする。

「あ、甚助さん、旦那のお見廻りのようだ」

「そのようです」

甚助がうなずき、外に向かって返事をする。

「へーい」

町奉行所定町廻同心の御用箱を背負った小者の太吉がものものしい声をあげる。

「番人、旦那のお見廻りであるぞ」

「ははあ」

小者の後ろに同心の井上平蔵が立っている。

勘兵衛は甚助とともに入口に手をつき、恭しく頭を下げる。

「井上様、お役目、ありがたく存じます」

「うむ、亀屋、変わりはないか」

「ございません」

「そうか。それはよかった」

「変わりはございませんが、いかがでございましょう。熱い茶など」

「うん、では一服するとしようか」

上がり框《かまち》に甚助が敷いた座布団に平蔵は腰掛け、小者の太吉は御用箱を上がり口に下ろし、脇に突っ立つ。

甚助が素早く煙草《たばこ》盆を差し出し、茶を用意する。平蔵はおもむろに煙管《きせる》を取り出して、煙草を詰め、火をつける。

「ふうっ」

側に正座し、勘兵衛はふと思いついて、話しかける。

「ときに井上様、お忙しいときに、変なことをお尋ねいたしますが」

「なんだ」

「町役をしておりますと、町内で物騒なことが起こらないかと、いつも冷や冷やでして。近頃、采女ヶ原で夜鷹が真っ二つに殺されたとか」

平蔵はうなずく。

「ああ、そのことか」

「瓦版に気味の悪い絵が描かれていましたが」

「おまえの店は絵草子屋だったな。瓦版も扱っているのか」

「いえ、読売から買い求めました。書かれているのは、まことでございましょうか」

「女が半分になって手招きしている絵だな」

「さようで」

「あれは俺も読んだ」

平蔵は思い出したようにうなずく。

「夜鷹が殺されたのは間違いない。なにしろ、この俺が直《じか》に検分したから」

「ええっ」

思わず声の出る勘兵衛。

「井上様がご検分をなされましたか」

「朝早く手先の御用聞きが知らせに来てな。采女ヶ原は数寄屋橋御門からそう遠くない。この太吉を御番所へ走らせ、俺はそのまま、死人のいる場所まで急いだよ。木挽町の町役が待っていたが、亡骸はそのまま筵もかけてなくて、遠巻きのやじ馬が近づかないよう、番屋から出向いた番人が見張ってた」

勘兵衛は内心、喜ぶ。ここはうまく持っていき、話を引き出そう。

「瓦版では夜鷹が腹から真っ二つになっている胴斬りの絵でございましたが、上と下と別々になっていたんでしょうか」

「ありゃ、ちと大げさすぎる。たしかに腹が横一文字にすぱっと斬られて、相当の凄腕だと見た。上下別々に切り離されてはいなかったが、持ち上げると皮一枚に近くて、戸板で番屋に運ぶとき、番人が往生してたよ。あれは見ちゃいられなかった。番屋に出向いてきた御番所の検死役も目をそむけてた」

平蔵は思い出して顔をしかめる。

「下手人は相当の腕なのですね」

「切り口からして、腕もいいが、刀もなかなかの業物《わざもの》だろうよ」

昨夜、左内が同じようなことを言っていた。

「物盗りでしょうか」

「違うね。夜鷹はたいして銭なんぞ、持っちゃいない。値打ちのある刀を持つ侍が夜鷹の懐なんか狙うもんか」

「とすると、客ともめて、いざこざの末に」

「安い夜鷹を買う客は、まず刀など持たない貧乏人だ。客の仕業《しわざ》じゃなかろう。思うに新刀の試し斬りかな」

「試し斬りで行きずりの夜鷹を斬ったとすると、またどこかに現れて、だれかが斬られるようなことには」

「今はなにも起こらないのが一番なんだ。おまえ、知ってるか。北のお奉行がおふたり続けて亡くなられた」

「それは存じております」

なにしろ、ふたりの奉行を死に追いやったのは勘兵衛長屋の隠密たちなのだ。

「八丁堀じゃ、お奉行が亡くなられたわけ、いろいろと噂が飛び交っているが、おっと、これ以上は言えない」

「ごもっとも」

「今月は南が月番だが、俺たち外廻りには月番なんてない。お裁きは月ごとに南と北で交代だが、市中取り締まりの持ち場に月交代はない。ところが北のお奉行おふたりが続けて亡くなられたんで、外廻りどころか、訴えのお取り上げもお裁きも月番なんてなくなって、北じゃ例繰方《れいくりかた》から人別帳係《にんべっちょうがかり》までがてんやわんやらしいが、なにも起こらないのが一番というのは、そこのところだ」

「はあ、さようで」

「偉そうなお奉行がいないと、与力や同心が羽を伸ばせると思うだろ」

「とんでもない」

「今、ごたごたの中で下手《へた》に厄介事が持ち上がって、お奉行不在の北で与力や同心が勝手に裁決なんぞして、手違いがあったら、これもんだ」

平蔵は腹を切る仕草をする。

「さようでございますか」

「おかげで、南もしわ寄せでいろいろと忙しくて、夜鷹がひとり殺されたぐらいでは、探索はいっこうに進まない。というより、進めたがらない。この分じゃ、下手人は逃げ得だな」

「では、夜鷹の身元も不明のままで」

「いや、それはわかってるよ。手先の御用聞きが調べてきたから。本所吉田町《よしだちよう》の裏長屋に住んでた女で、元は吉原で売れっ子の花魁《おいらん》だったとか。いくら売れてる花魁でも、歳をとると働けなくなる。年季が済んで、しばらくは岡場所にいたらしいが、とうとう夜鷹にまで落ちぶれたか。女の身元はわかっても、下手人の素性はわからぬまま、女は無縁墓にでも投げ込まれておしまいだ。吉原の花魁にせよ、夜鷹にせよ、女郎の一生は哀れなもんだなあ」

「夜鷹というのは、たいてい元は吉原の花魁なんですか」

「いや、そんなことはない。おまえ、夜鷹の絵草子でも売って儲けようってのか」

　勘兵衛は首を大きく横に振る。

「わたくしなんぞ、仕入れた品を店に並べるのが精いっぱい。半年前までは出羽の田舎者、江戸の遊女がどのような仕組みか知らず、吉原とか岡場所とか夜鷹とか聞いてもよくわかりませんで、そういう類《たぐい》の絵草子は売り物の中にもございますが、ぱらぱらと見ましても、なんのことやら」

　平蔵は蔑《さげす》んだように勘兵衛を見る。

「おまえ、吉原で遊んだこともないのか」

「ございません。吉原と岡場所の区別もつきません」

「絵草子の中には色事を描いたものもたくさんあるだろう。吉原で遊んだこともなく、岡場所との区別もつかないんじゃ、商売にならんぞ」

「ははあ、とんだ野暮な田舎者で、お恥ずかしゅうございます」

「俺たち町方はお上のご定法《じょうほう》を守るために市中を取り締まっている」

「はい、いつもありがとう存じます」

「吉原はな、以前はこの辺りにあったが、浅草《あさくさ》の北に移されて、正式には新吉原という。江戸でお上がお許しになられている廓は吉原だけだ」

勘兵衛は大仰に驚くふりをする。

「ほう、お上がお許しに」

「驚くな。二万坪の廓に遊女の数が三千人だ」

「へええ」

これには勘兵衛、ほんとうに驚いた。

「そんなにですか。遊女が三千人もいて、その他に岡場所もあるのですね」

「岡場所もたくさんあるぞ。岡場所の女郎は数が多すぎて数えきれない」

「それなのに、岡場所はお上がお許しではないのですか」

「そういうことだ」

勘兵衛は首を傾げる。

「お許しがないのに、吉原同様の色を売る商売をしているのが岡場所なのですね」

「うん、深川の仲町《なかちょう》が有名だが、根津にも音羽にも赤坂《あかさか》にも回向院《えこういん》にも芝神明《しばしんめい》にも、そのほか、寺社のあるところ、あちこちに大小いろいろあるのが岡場所だ」

「お許しがないのに、好き勝手に色を売るわけですか」

「岡場所では料理茶屋で客が酒を飲む。そこへ置屋から女郎を呼ぶ。女と飯を食って酒を飲んでいるだけで、ご定法に触れるいかがわしい真似はしておりません、というわけさ。魚心あれば水心があるんだろうな。俺のところにまではおこぼれは回ってきたことがないが。たまに、上からのお指図で手入れすることもある。普段は目をつぶって、見て見ぬふりをしているのさ」

「茶屋などで芸者をあげて遊ぶという話を聞いておりますが、芸者も女郎と同類でしょうか」

「おまえ、絵草子屋をしていて、芸者と女郎の区別もつかないようだな。芸者は芸を売るが色を売るのはご法度だ。女郎の商売の邪魔になるから。とはいえ、中には女郎と同じことをする芸者もいて、ばれると茶屋で折檻されることもあるな」

「はあ」

「女郎も芸者も玄人《くろうと》だが、厄介なのは素人女《しろうとおんな》が春をひさぐこともあってな。これはお上が一番目を光らせるところだ」

「素人が春をひさぐ」

「出合茶屋などで、逢引きを装って、男から銭を取るそんな宿があるんだ。町人のかみさんばかりか、貧乏御家人のご新造《しんぞう》までが、暮らしに困って、そういう地獄に足を踏み入れる。そういう素人が采女ヶ原で夜鷹になることもあって」

「吉原には遊女が三千人いて、その他にまだ岡場所や夜鷹や素人の出合茶屋」

「それればかりか、品川や千住や板橋や内藤新宿《ないとうしんじゆく》の飯盛女。四宿《ししゆく》は、俺たち町方とはかかわりないけど」

　ぽかんと口を開ける勘兵衛。

「いったいどれだけの女が体を売っているんですか」

「おまえも町役なら、今、江戸に何人ぐらい人が住んでるか、知ってるだろ」

「およそ、百万とうかがっております」

「そうだ。そのうち、五十万が武家、五十万が町人。武家も町人も男の割合が女よりもずっと多い。でも、そいつらがみんな吉原へ行くわけじゃない。吉原はちょっと遠いし金もかかるから、近くの岡場所、あるいは寺社に出没の夜鷹を買う。地獄で素人と遊ぶ客もいる。旅に出ないのに宿場に足を伸ばす野郎もいる。いつでもどこでも、ちゃんと商売は成り立っているのさ。いやな商売ではあるがな」

ずっと突っ立っていた太吉がしびれを切らして平蔵に声をかける。

「旦那、そろそろ」

「おう、とんだ長居をしちまったぜ」

「こちらこそ、お忙しい旦那をお引き止めいたしまして、申し訳ございません」

「なあに、いいってことよ。番屋で女郎の話をぺらぺらしたなんて」

にやつく平蔵。

「ふふ、亀屋、おまえ、なかなかの聞き上手だ」

「滅相もない」

「まあ、色事にはいろいろあるのさ。じゃあ、甚助、茶を馳走になったな。ありがとよ」

「ははあ」

「そうそう、亀屋」

「はい」

「今度、なんか面白そうな色事の絵草子が出たら、教えてくんな」

「かしこまりました」

「銭は払うから、心配するなよ。じゃ、甚助、邪魔したな」

「へーい」

四

「というわけで、番屋の当番に出て、よかったよ。立ち寄った定町廻同心が采女ヶ原で夜鷹殺しの検分をしてたというんで、いろいろ引き出せたからね」

亀屋の二階に集まった長屋の面々を前にして、勘兵衛は番屋で聞き込んだ話をみんなに伝えた。

「半年前まで出羽の田舎にいて、いきなり江戸に出てきて絵草子屋を任されました。夜鷹のことも色里のこともなにも知らず、吉原と岡場所の違いさえわからずにとまどっておりますと言ったら、井上の旦那、わたしを馬鹿にしながら、いろいろと教えてくれて、いい学問になった」

「はっはっは、そいつはいいや」

半次が笑う。

「大家さんらしくて」

「でも、大家さん」

お京が言う。

「あたし、大家さんが江戸生まれなのに擦《す》れてないとこ、けっこう好きですよ。だから、町方の旦那もすんなりと教えてくれたんでしょうね」

言われて勘兵衛は照れる。

「野暮なところだけはほんとうだからね。この歳になるまで、お屋敷のある小石川《こいしかわ》から外へはほとんど出たことがなかった。町人の住む江戸の町を全然知らなかったなんて、小石川が田舎でなくても、わたしは田舎者のようなものだ」

「やはり、そうでござったか」

左内が言う。

「え、左内さん、わたしが田舎者ってことですか」

江戸言葉がしゃべれないので浪人のままの左内に言われてしまった。

「いや、そうではござらぬ。夜鷹を斬った下手人のことですぞ。腕のいい剣客の仕業のようですな」

「ああ、そっちの話ですね。そうらしいですよ。剣技に優れた者が出来のいい刀を使ったのでなければ、あそこまではいかない。上下真っ二つに皮一枚を残してすっぱりと切り裂かれていたのは、ひょっとして、新刀の試し斬りかもしれないと」

「それはむごいな」

玄信が顔をしかめる。

「試し斬りは罪人の首をはねたあと、胴を斬って切れ味を確かめるのです。首切り役人が謝礼を受け取り、亡骸を二体重ねて胴斬りにする場合もあるが、罪のない夜鷹で、しかも生きたまま試すとは、あまりに非道です」

「先生、まったくそうです。試し斬りかどうかは別としても、凄腕でいい刀を所持している者の仕業には違いなく、下手人の手掛かりになるでしょうね。先生、紅屋ではなにかめぼしい話は引き出せましたか」

玄信は微笑む。

「はい、瓦版は話を面白おかしくふくらませて作ります。ですが、まったくのでたらめではありません。紅屋は采女ヶ原で夜鷹が胴斬りになった噂を耳にして、瓦版の材料として面白いと思い、木挽町周辺でいろいろと話を集めたとのこと。湯屋や髪結床や居酒屋で客たちの噂話に耳を傾け、自身番の定番には少し銭を摑ませて話させたようです。それらの話をつなぎ合わせ、実際にあったことまでは詳しくわからないから、面白おかしくまとめて話を作り、おどろおどろしい絵を仕上げる。そんなところでしょう」

「そりゃそうでしょう」

徳次郎が言う。

「全部が全部でたらめではないでしょうが、胴斬りにされた女が、あまりの素早さに斬られたことに気づかず、笑って手招きしてるなんてね。切腹に介錯があるのは、腹を切れば苦しいからでしょう」

昨年に切腹を免れた徳次郎は、思わず自分の首筋を撫でる。

「切腹の場合は自分で自分の腹を召すので、苦しいでしょうが、あたし、瓦版の絵の女の人が笑っているのは、いきなり斬られて、わけがわからないというのに近いんじゃないかと思うの」

お梅が意見を述べる。

「お梅さん、じゃ、胴斬りにされても笑うことはあると」

「いえ、笑うまではないでしょう。けど、凄腕の剣客に皮一枚残す程度に瞬時に胴斬りされたら、痛みを感じる前に、なにが起こったのかわけがわからないで、びっくりしたまま絶命すると思います。相当に血が流れますから、頭の中も真っ白になって、なんの思いも残りません」

　医術に通じたお梅の言葉にみなは感心する。

「なるほど」

　徳次郎はうなずく。

「気を失ったまま死ぬんですね。同じ咎人《とがにん》でも武士が切腹を賜るよりも百姓や町人の打ち首のほうが、見た目はおぞましくても苦痛は少ないというわけですか」

「うむ。苦しみがなければ、瞬時の絶命は楽でありましょうな。その分、武人らしく苦しみをこらえて感心されるという誉れにはならないが」

　左内も納得したようだ。

「あと、三郎兵衛が自慢していたのは、絵にある血刀を振り上げた髭面の浪人を思わせる武士。だれもそんな下手人の姿は見ておらず、切り口がすごいと聞いた三郎兵衛がいかにも強そうで憎々しい侍の絵をでっちあげました」

「髭面が強そうとは、いかにも瓦版の産物らしいですな」

　勘兵衛も笑う。

「あ、それから大家さん、瓦版には出てきませんが、三郎兵衛は番屋の定番から、夜鷹殺しを朝早く見つけて腰を抜かした婆さんが番屋に連れ込まれた話もしておりました。それで近所で騒ぎになって、町役が出てきて、御用聞きが八丁堀に走って、定町廻同心を連れてきたと」

「先生、それが井上の旦那ですよ。じゃあ、采女ヶ原での夜鷹殺しについて、今のところ、わかったことは、ひとつは胴斬りの腕前と刀の出来が優れていて、ほとんど斬られた女が気づかないほどの太刀筋であったこと。もうひとつは、殺された夜鷹が本所吉田町の長屋に住まいがあり、元は吉原の売れっ子花魁で、岡場所に移った後、とうとう夜鷹に身を落としたこと。そこまでわかっているんだが、先生、瓦版には夜鷹の名前が出てません。紅屋は女の名まで調べなかったんでしょうかな」

「はい、三郎兵衛は夜鷹の名前までは知りませんでした。瓦版には夜鷹の名前は不要です。おどろおどろしい絵と夜鷹の胴斬りという見出しだけで売れますからね」

「あたしが吉田町を回ってみます」

お京が言ったので、勘兵衛はうなずく。

「やってくれるかい」

「はい。胴斬りで殺された夜鷹が住んでいたのが吉田町の裏長屋。名前と素性がわかれば、売れっ子花魁だった吉原の廓のこともわかるかもしれません」

「じゃ、あたしも小間物を担いで、吉田町周辺の商家を探ってみましょう」

「徳さんも回るかい」

「商家の女中が夜鷹のことをどれだけ知っていて、どれだけしゃべってくれるか、それはわかりませんが、回るだけ」

「じゃ、あっしは釆女ヶ原をうろついてみますよ」

「ほう、半さんは釆女ヶ原ですかな。だけど、胴斬りのあったあと、あそこは閑散としていると、紅屋が言っておりましたぞ」

「そうですか、先生。ひょっとして、柳の木の下に夜鷹の幽霊でも出るかもしれませんから、ちょいとうろつきますよ」

「物好きだね。でも、いい狙いどころかもしれない。任せたよ」

「へい、ついでに買ったりはしませんから」

「お京さん、徳さん、半さん、じゃ、頼んだよ。夜鷹殺し、ただの行きずりの試し斬りか、あるいはなにかわけがあって殺されたか。下手人の手掛かりが見つかるといいんだがね」

「首尾よく下手人にたどりつけたとして、剣の達人が相手となると、油断はできませんぞ。そのときは、拙者が相手をいたそう」

左内の不敵な言葉にみなは顔を見合わせる。

「とりあえず、女の素性や周辺を詳しく当たれば、なにか見つかるかもしれない。それじゃ、みんなも頼んだよ」

「お任せください」

「すいませんねえ。あたし、なかなかお役に立てなくて」

熊吉が大きな体で小さな声を出す。

「なに言ってるんだよ。おまえさんの力はいつでも役に立っている。適材適所という言葉もあるから、出番がくるまで控えていてくれれば充分だ」

「そうよ、熊さん」

お梅も言う。

「大家さんのおっしゃる通り。あたしだって、いつもほとんどなんにもしてないのに、みなさんと同じだけ晦日ごとに店賃をいただいてますけど、卑下なんかしませんよ。あんた、それだけ大きな体で、長屋にいてくれるだけで、みんな力強く思ってますよ」

熊吉はぺこりと頭を下げる。

「ありがとうございます」

「さすが、年の功、うまくまとめましたね、お梅さん」

「半ちゃん、また、人を婆さん扱いして」

「こりゃ、失礼」

「じゃ、みんな、殺された夜鷹の素性が詳しくわかるまで、それとなく町に目を光らせてくれないか。またどこで、凄腕の夜鷹殺しか辻斬りが現れるかしれない」

「承知しました」


今日も天気がよくて、いい陽気だなあ。

勘兵衛は昼飯のあと、帳場を番頭の久助に任せて、吉原を題材にした滑稽本を手にして二階に上がり、文机に広げて眺めていた。

この歳になるまで、吉原はおろか、岡場所にも四宿にも出合茶屋にも行ったことはなく、もちろん夜鷹を買ったことなどない。

滑稽本は吉原で女にもてるために、いろいろと工夫する大店の若旦那の話で、色事の指南書の体裁になっている。

本によると、もてる男の一番は金があること。色里は客商売なので、金があれば遊女ばかりか抱え主や奉公人、引手茶屋の番頭も大門《おおもん》の門番までみなちやほやしてくれる。金がなければ大門をくぐっても、だれにも相手にされず、ただ冷やかして歩くだけ。かえって寂しさが募る。

次にもてるのは見た目がいいこと。こざっぱりしていて、顔立ちもよく、立ち居振る舞いも堂々としていれば、女に好かれるが、金がなければ店にも揚がれないので、見た目がよくて懐に小判や小粒がたくさんあるのがもてる。

あとは品よく控えめなのがもてる。いくら身分が高くても偉そうに威張りちらす輩はもてない。武士よりも気さくな町人がもてる。が、がさつな職人よりも大店の主人か若旦那がもてる。金だけは控えめでなく上手につかうのが粋でいい。

なんだ、この本は。勘兵衛は呆れる。万事が金の世の中で、吉原でもてるのも金次第だと。滑稽でもなければ、なんの役にも立たない。まだ、剣術の指南書や算用の手引書のほうがよほど役に立つ。ああ、いやだ、いやだ。こんな陳腐で愚劣な本、うちでは売れていないけれど、井筒屋では売れているのだろうか。それにしても、今度の一件、どのようにもっていくべきか。

「お風邪を召しますよ」

「わっ」

お京が笑っている。

「大家さんたら、ぐっすり寝てるんですもの」

勘兵衛はのっそりと体を起こす。つまらない本を読みながら、知らず知らずに眠りに落ちていたようだ。

「春眠暁《あかつき》を覚えず。といってても昼はとっくに過ぎているが。お京さん、いつからここに」

武芸の修行では睡眠中であっても近づく者の気配を読まねばならぬ。でなければ命を落とす危険があるからだ。だが、いつもながら、お京には気配というものがまるでないのだ。

「さっきからずっといましたよ。吉原の色事指南の本ですね」

「あっ」

勘兵衛は文机に広げてあった本を閉じる。

「知ってるのかい、この本」

「売れてるそうじゃありませんか」

「いや、うちではそうでもないよ。こんな本、いったいだれが読むんだ」

「色事指南。もてない男が読むんでしょ」

「え」

「いいえ、大家さんは違いますけど」

「うん、まあ、わたしは吉原なんかへ行かないから」

「吉原でなくても、大家さんにはそんな指南書、いりませんよ」

勘兵衛は少しどぎまぎする。

「今度の一件には吉原がひょっとして絡んでくるかもしれない。そう思って、なにかの足しにと、目を通していたんだ。あんまり退屈なんで、ついうとうとしてしまった。つまらない本は眠りを誘うというのはほんとうだね」

「ふふ」

お京が笑う。

「色里の滑稽本が退屈だなんて、大家さんらしいわ」

「野暮なのは、自分でもよく知ってる。それはそうと、本所吉田町で手応えがあったんだね」

「わかりますか」

うなずく勘兵衛。

「だから、おまえさん、今ここにいるんだろ」

「はい、吉田町は本所横川《よこかわ》の西にあって、周りはお大名の下屋敷や小さな御家人屋敷がたくさんあります。町そのものはそんなに広くありません。裏長屋に住んでいるのは夜鷹が多くて」

「ほう、夜鷹が」

「たくさんいますが、吉田町には住んでいるだけで、商売は別の場所です」

「それで仕事場が釆女ヶ原なんだね」

「今は釆女ヶ原は危ないというので、夕暮れになると、薬研堀《やげんぼり》や柳原やあちこちに出ていきますね」

「そうか。胴斬りで同業が殺されたからといって、遊んでいるわけにもいかず、女たちも大変なんだな」

「冬の間はあんまり商売にならなかったので、これからが稼ぎどきですよ」

「で、殺された女の身元がわかったんだね」

「はい。吉田町は町内に居酒屋が何軒かあります。近所の職人や小商人が飲みに来る店、貧乏御家人や下屋敷の中間《ちゅうげん》がたむろする店、商売を済ませた女たちがねぐらに帰る前に一杯ひっかける店。それぞれ、客筋が違っていまして」

「ははあ、そのほうが客は周りを気にせず飲めるし、店も安心なんだな。それで、女の客の多い店に潜り込んで、探りを入れたんだね」

「女って、けっこうおしゃべりなんですよ。三十ぐらいの気のよさそうなねえさんがひとりで飲んでたので、一杯いかが、なんて勧めました。あたしも見た目は夜鷹風につくりましたから、あら、おまえさん、新顔ね。ありがとうって受けてくれて、世間話から入ると、すぐに采女ヶ原の胴斬りの話になるでしょう。知ってることをそれとなく小出しにして水を向けると、ねえさんもぺらぺらしゃべってくれて、そばで聞き耳を立ててたらしい他の女たちも話に加わってわいわいと、殺された夜鷹の名前も住まいも案外早くにわかりました」

「さすがだね。夜鷹の話を探り出すのに夜鷹に化けたか」

「あの界隈じゃ、夜鷹の数は多いですから、ひとりぐらい新顔がまぎれて飲んでいても怪しまれません。ねえさんたちの間で胴斬りの話、今でも持ち切りですよ」

「人の噂も七十五日か。まだまだ続くね」

「殺された夜鷹の名前はお仙《せん》。歳は四十。住まいは吉田町の瀬戸物《せともの》長屋」

「瀬戸物長屋というと」

「大家は町内の瀬戸物屋の主人甚兵衛《じんべえ》。すぐ隣町の吉岡町《よしおかちょう》に甚兵衛長屋がありまして、甚兵衛長屋が近くに二軒もあったら紛らわしい、というんで吉田町の長屋は瀬戸物長屋で通っています」

「甚兵衛というのは、よくある名前だな。伊勢屋《いせや》も多いから、伊勢屋甚兵衛は何人もいるなんて、聞いたことがある」

「ほんと、伊勢屋も甚兵衛も多いから、伊勢甚もあっちこっち多くて困ります」

「殺された夜鷹の名はお仙、吉田町の甚兵衛が大家をしている瀬戸物長屋に住んでいたのだね」

「はい、そこで、あたし、瀬戸物屋に寄って、大家の甚兵衛からいろいろと聞き出しました」

「相手はぺらぺらとしゃべったのか」

「そこは方便、あたし、この辺りに引っ越したくて、手頃な長屋を探してるんですけど、人が死んだんで空き店があるそうですねえ。そう持ち掛けました」

「そいつはうまい」

「死人が出た家は縁起が悪いとかで、店賃が安いんじゃないかと思いまして、借り手がまだ決まっていなければ、あたしのような者でも、貸していただけますでしょうか」

「ふふ、見事なもんだ」

「瀬戸物屋の甚兵衛、空き店はあるが、死んだ女は夜鷹で、先日胴斬りに斬られて瓦販にもなっている。それでもいいか。そう問われて、うなずきましたら、人の住まない空き店は傷みやすい。喜んでお貸ししますと、話が決まりまして」

「お京さん、その瀬戸物屋の長屋に引っ越すんじゃないだろうね」

「そんなわけないでしょ。あたしは田所町の勘兵衛長屋が一番好きですから」

「うん、それで」

「そこで、死んだお仙のことをいろいろと聞き出しました。大家だけあって、店子の素性にもいろいろ詳しくてね。お仙は夜鷹の前は回向院の岡場所にいたそうです。吉原で売れっ子だったと鼻にかけるんで、置屋のおかみと反《そ》りが合わず、とうとう飛び出して、吉田町に移ってきて、夜鷹になったそうで。瀬戸物長屋の店子はほとんどが夜鷹らしくて、大家の甚兵衛ったら、おまえさんが夜鷹なら、客になってもいいなんて、鼻の下を伸ばすんです。ふふ、おかしかったわ。店賃も安くしとくって言われたんで、一応押さえといてもらいました。転宅はしませんが、つないでおけば、まだなにか話を引き出せるかもしれませんし」

「そうだな。ついでに瀬戸物長屋のお仙の近所に蕎麦でも配って、噂を聞き出す手もあるよ」

「まあ、大家さん、それはいい考えですね」

「実際に引っ越すには、請け人やら人別帳やら、手続きが面倒だが、挨拶だけして隣近所から話を引き出すだけ引き出して、引っ越さなくてもいいわけだ」

「じゃ、そうします。それから、瀬戸物長屋の大家が言ってました。お仙が死んだので、荷物はきれいに全部片付けたけど、ひょっとして、若い女が訪ねてくるかもしれないと」

「若い女」

「ふた月ほど前、師走の半ば頃から、同居してたのがいるんですって。お仙は大年増でもけっこういい女だったが、若いほうもかなりの別嬪で、親子のようでもあり、ただの居候《いそうろう》のようでもあり」

「そんな女がいたのか」

「お仙が殺されるちょうどその頃に姿を消したというんですよ。隣近所に引っ越しの挨拶かたがた聞き込みましょう」

「うむ。お仙殺しとなにか関係がありそうだな」

「だとすれば、いっしょに狙われて別の場所で消されているか。怖くて姿を隠しているか。ひょっとして下手人に加担したか。掛かり合っているのはたしかでしょう」

「その若い女が見つかれば、夜鷹殺しの真相に少しは近づくか」

「瀬戸物長屋の大家が言うには、女の名はお鈴《すず》。歳はたしか十八だと」

第二章　箸職人熊吉

一

田所町の勘兵衛長屋では、明け六つに早起きのお梅が起き出して木戸を開けるところから朝が始まる。

お梅も朝は早いが、箸職人の熊吉も案外早いのだ。だれよりも早く厠《かわや》でささっと用を足す。体が大きくて幅をとるので、つい他の店子《たなこ》の邪魔にならないよう遠慮してしまうのだが、この長屋の厠は幅が広く天井も高いので、人一倍図体の大きな熊吉にはうれしい造りになっている。普請の開始と同じ時期に隠密の人選が行われたので、地主の井筒屋作左衛門が気を利かせてくれたのだろうか。

顔を洗い、朝食の支度をする。井戸端で米を研《と》いでいると、お梅が出てきて、いつも感心する。

「熊さん、お米の研ぎかた、上手ねえ。そうやってきれいに水を切れば、ご飯がおいしく炊《た》けるのよ」

「そうですか」

屋敷勤めのときには毎朝、米を炊いていた。今は独り暮らしだが、飯はかなり多めに炊く。大柄なので常人の二倍から三倍は食う。菜を調理し、汁を作る。こんなことあまり人に自慢する気はないが、料理はお手のものなのだ。これでも以前は賄方だった。食事の支度には決まった手順があり、見習いで入った藩邸の賄方で父からきちんと仕込まれた。それさえ守っていれば、どんな料理でも出来は悪くならない。料理の基本は手を抜かず、無駄を省き、真剣に取り組むこと。それが父から教わった心得である。

土間の隅に買い置きの野菜があり、米櫃には米がぎっしりと詰まっているし、朝は顔見知りの蜆《しじみ》売りや納豆《なっとう》売りから上質の食材を求める。江戸の町が住みやすいのは行商人がなんでも売りに来るので、わざわざ外の八百屋や魚屋に出かけなくてもいいことだ。米は米屋が配達してくれる。味噌や塩や酢や醬油なども決まった店から届けてもらう。

朝飯の準備を始めるころ、いつも大家の勘兵衛が見廻りに来る。大家もけっこう朝が早い。各自ぞろぞろと顔を揃えて挨拶する。

「おはようございます」

「みんな、おはよう。揃っているね」

十軒長屋に九人の店子。元は小栗藩松平家の家中で士分だったが、それぞれ事情があり、今は隠密となって長屋住まいの職人や小商人に身をやつし、巷《ちまた》に潜んでいる。元の身分や経歴は様々だが、みんなけっこう仲がいい。大工の半次と小間物屋の徳次郎はいつも軽口でふざけ合っている。よほど気が合うのだろう。

熊吉はみんなとそれほど打ち解けていない。どちらかというと、内気で引っ込み思案なのだ。それは体が人一倍大きく顔がいかついせいもある。浪人の左内は普段でも熊吉を見ると殺気をみなぎらせたようになるのは、おそらく武術の達人だからだろう。熊吉は柔術と拳法ができるので、左内の器量がどれほど優れているか、一目でわかった。易者の玄信はいつもにこやかに話しかけてくれるが、難しいことを言うのでちょっと気後《おく》れしてしまう。鋳掛屋の二平は国元育ちで不愛想だが、他意はない。弥太郎やお京は忍びの術の名手だが、ふたりとも気安い。産婆のお梅は気さくに声をかけてくれるのでありがたいが、それでもこちらから、なかなか愛想よくはできない。

みんなは俺のこと、熊さんと親し気に呼ぶが、その都度、獰猛な獣の熊を頭に浮かべるんじゃないか。そんなことを思ってしまう。

熊吉という名は昨年の春、主君松平若狭介より隠密を拝命したとき、直々《じきじき》に賜った。やはり殿も獣の熊を思い浮かべられたのであろう。長屋の仲間はだれも熊吉の武士時代の名前を知らない。熊吉もまた、他の店子の元の名を知らないし、知ろうとも思わない。


熊吉の生まれたときの幼名は一太郎《いちたろう》といい、元服後の通称も一太郎で通した。思えば、出産時から他の人とは違っていた。並みはずれて大きな赤子であり、取り上げた産婆が驚き腰を抜かさんばかりだったそうだ。父は人並み、母は多少は大柄だったが、それでもびっくりするほどは大きくなかった。なにゆえにこれほど大きな赤子が生まれたのであろうか。

「まあ、どういたしましょう。このような大きな赤子、育てるのが大変でございます」

母は難儀しただろうが、父は喜んだ。

「いや、天晴《あっぱれ》じゃ。これほど立派な赤子を産んでくれて、しかも、そなたも赤子も無事でなにより。ほれ、見よ。笑うておる。今に出世するであろう」

賄方であった父は包丁は持っても、刀を抜くことなど生涯なかった。この子は大きく強く育つだろう。そうなれば、殿のお側近くに警護でお仕えできる。武士として出世も叶うであろうと希望に胸をふくらませたのだ。

父は三十一、母は二十八、どちらもそう若くない。跡取りが生まれなければ家は潰れる。それが武家の決まりだったので、父は喜び、大きな赤子に一太郎と名づけた。

一太郎は小石川の藩邸のすぐ脇にある小さな武家屋敷の密集する地域で生まれ育った。近所の住人は小栗藩の家臣とその家族だった。藩の上屋敷内で暮らすのは主君と奥方と若君。そのときの若君が今の若狭介である。

他に奥向きの女中たち。参勤交代で主君に付き従い江戸入りした国元の家臣たちも藩邸内の長屋に短期間勤番として起居する。代々江戸詰めの家臣は藩邸内に宿舎があっても、妻帯し家族を持つ者は身分や役職にかかわらず藩邸外に家を拝領する。小栗藩松平家の家臣の多くは江戸ではなく、領国出羽の小栗城下に生まれ育ち、家族と共に国元で暮らしている。小石川生まれで江戸詰め、藩邸の外に屋敷を持つ藩士はそんなに多くない。

一太郎は幼い頃から友がいなかった。近所に小栗藩士の子は何人もいたが、大柄の一太郎を避けた。

「わあ、金太郎《きんたろう》が来たぞ」

子供たちは一太郎とは言わず金太郎と呼んだ。赤ら顔で背が高く丸々と太った姿は絵草子にある足柄山《あしがらやま》の金太郎にそっくりだったのだ。

下手《へた》に近づいて手荒な真似をされてはたまらないとでも思ったのだろう。遠くからからかうだけで、さっと避けた。一太郎も自分から近づいてはいかなかった。避けられているのは仕方がない。自分に非があると思い込んだ。

自分はどうしてこんなに大きいのだろう。それにはわけがあった。幼児の頃から大食だったのだ。母の乳をよく飲んだ。飲んでも飲んでも足りず、あまりに飲み過ぎるので、父が重湯《おもゆ》を作って飲ませてくれた。物心つく頃から大人と同じぐらいに食べても体をこわさず平気で、どんどん大きくなった。

微禄ではあったが、父は食費を惜しまなかった。一太郎が大きくなれば、きっと立派な武士となり、御家の役に立つだろうと。それを聞いた賄方の同輩たちが、その日に余った残り物を父にもたせてくれることもたびたびあった。父は温厚な気性でみなから好かれていたのだ。

賄方が藩邸で用意するのは主君と奥向き、屋敷内に起居《ききょ》の家臣一同の食事である。

父は無駄を避けるために材料の使い道に気を配ったが、勤番の者たちは不足を嫌うので、多少は多めに作る。それで残り物が出るのは仕方がない。同輩の好意を受け、残り物に福があるとのことわざのごとく、一太郎はますます大きく育った。

読み書きは幼い頃から母に習ったが、日常生活に支障のない程度であり、それ以上の勉学には進まず、学問も身につけなかった。

立派な体格をしているので、学問よりは武術に向いている。そう父に言われて元服前より剣術の修行を父に促された。小栗藩には特にお抱えの指南所はなく、十二歳のとき、父に連れられて町場の道場に入門した。

一太郎を見て師範が思わず声をあげた。

「おおっ、これはまた、立派なお子でございますな」

十二歳で、すでに大人と変わらぬ背丈があり、体格もでっぷりしていたのだ。基本を学び、同年代の門弟と竹刀《しない》で打ち合った。

「うわあっ」

手加減がわからず、軽く打ち込んだら、相手が大怪我をした。旗本の子息であったので、父とともに訪ねたが、武道の試合の上のこと、お互い遺恨は残すべきではないと、やんわり謝罪を断られた。

それ以後、一太郎は稽古で力を発揮せず、どんな相手と打ち合っても勝つことはなかった。同世代の門弟たちは一太郎を臆病者と見くびり、さんざんに打ち据えたが、痛みはさほどなく苦にもならなかった。

膂力はあるのに剣には向かないようだ。そう判断した師範が言った。

「一太郎、いつも打たれてばかりおるが、これが真剣ならば、命はないと思え」

「ははあ」

結局、剣術道場は一年も続かなかった。

学問にも興味がなく、藩邸に見習いに出るにはまだ早い。近所に友もいない。なにをしているかというと、家の奥で母といっしょに竹細工を作っている。微禄のため、母が内職をしているのを手伝うのが好きだった。

母は竹の笊《ざる》を器用に作っていたが、一太郎は手伝いながら、ふと思いついて竹蜻蛉《とんぼ》を作ってみた。近所の子供たちが遊んでいるのを遠くから見て羨ましく思っていたので、笊の余った材料を小刀で加工して竹蜻蛉にしたのだ。これが、実際の竹蜻蛉よりも上出来で、笊を受け取りにきた笊屋が喜んで手間賃に上乗せして持って帰った。

十五で元服となったが、家に引き籠もっていることが多かった。そんなある日、訪ねてくる者があった。

「御子息の評判をうかがって参りました。いかがでございましょう。相撲の関取にお迎えしたいのでございます。幕下からではなく、いきなり売り出させていただきます。末は大関間違いなし。支度金は百両でも二百両でも用意いたします」

相撲の世界からの勧誘であった。

「なにを申すか。せがれは大事な跡取りであるぞ」

普段温厚な父が怒鳴りつけて追い返した。相撲の関取にする気はない。しかし見るからに強そうなせがれには、やはり武術を身につけさせるべきであろう。剣で相手を傷つけるのではなく身の丈にあった技はないだろうか。そこで以前の剣術道場の師範に相談すると、本郷《ほんごう》にある柔術の指南所を紹介してくれた。

もともと体格がよく体力があったので、みるみる上達した。剣による殺傷ではなく、手と足を使い、相手を投げたり組み伏せたりして倒す。さらに指南所で拳法の技も身につけた。刀は使わずとも、体だけを自由自在に動かし、素手で厚板を割るまでに上達した。

だが、柔術の指南所に通う日以外は家の奥で母といっしょに竹細工に熱中している。

「一太郎、わしも四十八になった。そろそろ隠居を考えておる。柔術ができても殿の警護にはなれぬ。賄方に見習いとして出仕するがよい」

「はい、父上、仰せの通りにいたします」

十八で上屋敷の賄方見習いに入る。藩邸内の三度の食事を支度する。父がすぐ横で細かく指導してくれたので、覚えは早かった。米の研ぎ方、飯の炊き方、野菜や魚の処理、味付け、季節に合わせた献立の吟味、三度三度の下ごしらえから盛り付けまできちんとできるようになった。父は出世とは縁はなかったが、同輩たちには好かれており、一太郎も賄方は居心地がよかった。

その頃、先代当主が亡くなり、若君が家督を相続して若狭介となった。相続祝いの宴席では、特別に山海の珍味を用意しなければならず、見習いとはいえ、一太郎も必死で働いた。

父と母が亡くなったのは一太郎が二十のときである。一太郎は見習いから正式な賄方としてお役についており、隠居願いの許された父に組頭と同輩一同が料理茶屋で一席設けてくれたのだ。一太郎は呼ばれず同席しなかった。

その夜、父は家に帰って、母と盃を傾けた。

「あなた、長い間、お勤めご苦労さまでございます」

深夜、父が呻いて嘔吐し、母も同じく苦しみ、騒ぎに目を覚ました一太郎が、医者を呼びに走り、戻ったときにはふたりともこときれていた。

医者の診立ては食中《あた》りだった。料理茶屋での残り物を包んでもらい持ち帰って母と飲みながら食べたが、どうやら傷んでいたらしい。父は賄方として、決して食べ物を粗末にしない。米の一粒も大切にする。野菜も魚も傷まないように細心の注意を払う。料理の食べ残しを極端に嫌い、一太郎が幼い頃はそれでよく注意された。

その父が母と食中りだなどと。組頭に無理に勧められ母への土産《みやげ》にと料理茶屋から持ち帰った残り物の折詰が悪くなっていたのだ。父も母も多少変な臭いがしても、捨てずに平気できれいに食べる。それが賄方の心意気であるとの信念を抱き、父を敬愛する母もまた、同じ考えに徹していた。

茶屋の残り物を持ち帰って命を捨てるとは、意地汚い真似をするからだと、自分が勧めたことを棚に上げての組頭の放言が耳に入ったが、相手にしなかった。狭量な組頭は父が同輩に慕われていることを快く思っていなかったのだろう。一太郎は気にせず、拝領屋敷を引き払い、藩邸内の長屋に移り、賄方のお役目を続けた。

父が死んだ後は同輩たちから親切にされることもなくなり、酒を酌み交わすこともなく、一日の仕事が済めば自室に戻り、朝は早くから賄方の仕事に取りかかる。そんな日々が繰り返された。

一昨年、殿が老中に就任されることとなり、国元から重臣が祝いに参上し、連日連夜宴席が続いた。

それ以前の殿の婚礼や奥方の出産の頃から、祝宴ごとに気になることがあった。

賄方では米、野菜、魚、塩、醬油、味噌、酒、菓子、その他、必要なものを各業者から仕入れている。が、品物の品目と価格とがどうも食い違っているような気がする。特に大きな祝い事のあるときは、支払う金額が多すぎる。

昨年の春、賄方の組頭にそのことを伝えた。

「いかが思われまするか」

血相を変えた組頭は一太郎を罵《ののし》った。

「なんだと。貴様ごときになにがわかる。不正があるとでも申すのか。貴様の体がそれほど大きいのは、貴様の親父が賄方から余った米をくすねて、貴様に食わせていたからだ。貴様の親父が死んだのは、意地汚く茶屋の残りものを持ち帰って食ったからだ。女房まで道連れにして、哀れなものよ。貴様は親父の血を引いて、今でも賄方の料理を味見と称してくすねて食っていることはわかっておるぞ。図体ばかり大きくて、役立たずの大飯食らいめが。余計なことに口出しすれば、貴様などわしの一存でお役御免じゃ」

思わず、拳が突き出ていた。

その後の騒ぎは思い出したくもない。しばらくの間、謹慎を命じられたが、やがて江戸家老田島半太夫に呼び出された。

「そのほうの犯した過ちは許されぬ。が、組頭が米屋や魚屋や酒屋や菓子屋やその他、出入りの商人たちからことごとく賂《まいない》を受け取り優遇していたことがわかった。祝宴の支払いにも不正があった。が、それを表沙汰にすると、腹を切らねばならぬ者が他にも出て、いろいろと厄介なので、ここは穏便に組頭は病死と決まった」

「はあ」

穏便というのには納得がいかぬ。

「拳で胸を打ち砕かれて絶命するなど、武士にとっては不名誉なことこの上ない。それゆえ病死にいたせと、殿のおはからいじゃ」

「さようでございますか」

あの憎々しい組頭が病死とは、殿は慈悲深いお方じゃな。

「そのほうに重いお咎めはないが、お役御免となり禄も離れることとなる。いたしかたないが、よいな」

「ははあ」

役目そのものは好きだったが、父の死後、贔方に親しい友はいなかった。話のわかる父も優しかった母もすでにこの世にはいない。お役御免、せいせいした。

「で、その後の進退、いかがいたす所存じゃ」

「なにも考えておりませぬ。今まで晦方しかいたしませんでしたので」

「歳は二十八か」

「はい」

「もっと上かと思うたが」

「幼い頃から、大人と間違われておりましたので」

半太夫は笑う。

「浪人となれば、おいそれとは職は見つからぬ。相撲の関取になるには、二十八では
ちと遅すぎるしな」

「以前、そのような話がありましたが、父が追い返しました」

「ふふ、武術の心得はあるのか」

「柔術を嗜《たしな》み、拳法も少しは」

半太夫は大きくうなずいた。

「そのようじゃな。典医《てんい》の診立てでは、胸を砕かれた組頭は瞬時に苦しまず絶命した
とのこと。そのほうの拳、剣にも勝る」

「いいえ、いかなるわけがあろうと、人を殺《あや》めましたこと、悔やんでおります」

一太郎はうつむき、大きな体を縮ませる。

「どうであろう。そのほうの不正を憎む気質、力と技、世のため人のために役立ててみる気はないか」

一太郎は首を傾げる。人ひとり殺めた自分が世のため人のために立つとは、いったいどのようなことか。

「身分を捨て、名を捨てることになるが、どうじゃな」

藩を離れれば浪人でしかない。身分になんの未練もない。

「こんなわたくしになにかできますので」

「殿がご老中となられたので、今、家中より内々に隠密を探しておる」

「まことでございますか」

これには驚いた。

「身分と名だけではない。ときには命を捨てる覚悟もいる。褒賞もなく名誉とも無縁じゃ。それでもよいか」

「お引き受けいたします」

迷いはなかった。

「よし。今後のこと、わしに任せておけ」

間もなく、一太郎は家老の手引きで若狭介に拝謁した。

「おお、半太夫。この者、見事な体をしておるのう。話には聞いておったが、見るからに強そうじゃな。そのほう、名は一太郎と申したな」

「ははあ」

一太郎は平伏する。

「隠密は目立たぬのが肝心であるが、まあ、よかろう。そこまで大きいと、かえって役に立とう。さて、今、よい名を思いついた」

横で家老の半太夫がにやりとする。

「殿、いかなる名でございましょう」

「うむ、山道で出会えば、熊も逃げ出しかねぬ。ゆえに熊吉はどうじゃ」

「おお、それはよろしゅうございますな。喜べ、一太郎、そのほう、これより熊吉と名乗るがよい」

「ありがたき、しあわせにございます」

とは返答したが、熊吉とは、さほどありがたそうな名でもない。

熊吉となった一太郎は半太夫の指示で藩邸を去り、通旅籠町の井筒屋作左衛門を訪ねた。

「ご立派な体つきをなさっておられますな」

奥座敷に通された熊吉を作左衛門は感心したように見上げる。

「いえ」

「柔術と拳法を修練なされたとご家老からうかがっております」

「はい」

「今後は熊吉さんとお呼びしますが、よろしゅうございますか」

「それでお願いします」

「賄方におられたとのこと、お歳は」

「二十八でございます」

「お若いですな。貫禄がおありなので、もう少し上かと思いましたよ」

熊吉は首をすくめる。

「よく言われます」

子供の頃から童顔ではなく、可愛げのないいかつい顔で大人と間違われた。体が大きいので、からかわれることが多く、かえって引っ込み思案になり、人と親しく語り合うこともなく、若々しさもない。どうみても三十過ぎ、下手すると四十近くに見えるかもしれない。

「熊吉さん、あなたには今後武士を捨て、両刀を捨て、一介の町人となっていただきますが、異存ございませんか」

「はい。もともと刀はただの飾りに過ぎず、抜いたこともありませんので」

「ほう、刀を抜かない」

なるほど、柔術と拳法が得意なら、刀は不要なのだな。作左衛門は納得する。

「お屋敷では包丁ばかり手にしておりました」

「賄方におられたのなら、そうでしょう。田所町に普請中の長屋が秋には出来上がります。それまでになにか職を見つけていただきたい」

「はあ」

作左衛門は熊吉の体格を見ながら、ふと思う。新築の長屋には少し余裕のある大きめの厠にしたほうがいいだろう。

「町の裏長屋に独り住まいで、世間に怪しまれないような仕事がふさわしいでしょう。賄方でしたら、食べ物にかかわるような稼業、棒手振《ぼてふ》りの行商人、とはいえ、あなた、その体ではちと目立ちますな。客を相手にする商人よりは、長屋に籠もっての職人仕事などがよろしいかと」

「はあ」

「なにか、やってみたいようなこと、ございませんかな。大工や左官や植木屋のような外回りの出職《でしょく》ではなく」

たしかに外をうろうろすると、驚いたように顔をそらす者が多い。隠密ならば、目立たないほうがいいだろう。

「それならば、母が内職で竹細工をやっておりまして、幼い頃、手伝ったことがございます」

「竹細工ですか」

「竹を削って組み合わせたりするのが、子供ながら好きでございました」

「うーん、細工ものですね」

作左衛門は思案する。

「そうだなあ。わたしの知り合いに箸職人がおりますんで、そこでしばらく腕を磨いてみますか」

「箸ですか」

「賄方は食べ物や飲み物を支度する職分ですよね。いっしょに器や箸も揃えるでしょう」

「はい。ですが、今から修業して、秋までに間に合うでしょうか」

「なあに、本職になってそれで飯を食うわけじゃありません。世間を上手に誤魔化せれば、支障はないのです。箸にもいろいろとあります。お屋敷でお殿様がお使いになるような立派な塗り箸もあれば、近頃では使い捨ての割り箸などもあります。長屋の居職《いじょく》として、こつこつできるのがいいでしょう」

「はあ、ではお願いいたします」

とりあえず、井筒屋が身元の請け人となり、下谷の箸職人の作業場に見習いとして通うことになった。親方の平太《へいた》は住み込みの職人を何人か置いているが、熊吉は近所の長屋に落ち着いた。住み込みで他の職人の二倍も三倍も飯を食えば、いやな顔をされるに違いないので、長屋の独り暮らしが気楽でよかった。

「おう、おまえ、そんな太い指で箸がうまく削れるのか」

親方の平太はぶっきらぼうだったが、仕事は丁寧に教えてくれた。

熊吉は見様見真似で他の弟子がするように鋸《のこぎり》や鉋《かんな》を使って材木を箸の大きさに整える。子供の頃は竹細工が得意だったが、ここでは竹は扱わない。親方が削る黒檀《こくたん》は堅くてしっかりして、見ているだけで気持ちよかった。熊吉はそれほど高級でない櫟《くぬぎ》を勧められ、一から覚えた。材木屋から届いた板を無駄のない寸法で切り取り、鉋で整え、一本一本、鑢《やすり》で仕上げるのだ。親方の削った箸は滑らかで持ちやすく、先端が見事に細い。

熊吉も一本一本、注意深く削った。父から賄方で教わった言葉が甦《よみがえ》る。手を抜かず、無駄を省き、真剣に取り組むこと。

「ほう、おまえ、太い指で案外器用だな。そう手間がかかりすぎちゃ数をこなすのはまだまだだが、仕事は丁寧だ」

やがて平太が認めてくれて、削った箸が商品となった。器用とはいえ、仕事は遅いので日に何膳も削れない。

「おい、熊。これを佐野屋《さのや》まで届けてくれ」

平太は職人を抱えているが、自分の店を持たず出来上がった品を得意先に卸すのを生業《なりわい》にしている。江戸には箸を扱う商家が何軒もある。

箸が専門の箸屋はたいていその家の主人や職人が奥で削ったものを店に並べているので、よその職人からは仕入れない。平太に箸を注文する商家は店に雑多な日用品を並べている荒物屋か、客に飲食を提供する料理茶屋が多く、佐野屋は日本橋堀江町《ほりえちょう》にある荒物屋であった。

熊吉は箸を納めた風呂敷を手に、下谷から日本橋の堀江町の佐野屋まで行く。歩く道々、通行人が熊吉を見て驚く。怖がって物陰に隠れる子もいる。いつものことで慣れてはいても、やはり心穏やかではいられない。

佐野屋はさほど大きくない荒物屋で、笊や桶や包丁や俎板《まないた》のような台所道具、箒《ほうき》やたわしや塵取《ちりと》りのような掃除道具、蠟燭《ろうそく》や線香《せんこう》や火打ち石のような火道具など、日用の道具類をいろいろと扱う店で、平太のところから箸を仕入れていた。品物を届ける出入りの職人は客ではないので、正面の暖簾《のれん》をくぐらず、勝手口から挨拶するようにと言われていたので、脇に回ってうろうろしていると、若い女が出てきて、熊吉を見て棒立ちになった。

「あらっ、驚いた。あんた、うちになにか用なの」

気安く呼びかけられたので、熊吉のほうが驚いた。

「あの、こちら、佐野屋さんのお勝手でしょうか」

「そうだけど、あんたは」

「下谷の平太のところから、ご注文のお箸をお届けにあがりました」

「そうなの。大きいわねえ」

娘は熊吉を見上げる。

「あたしがですか」

「お相撲さんかと思った。箸屋さんなのね」

「へい」

娘はうれしそうに笑う。

「ふふふ、おとっつぁんなら中の帳場に座ってるわよ。表の暖簾をくぐればいいわ」

「でも」

「いいのよ。こんな小さい店なんだから」

「じゃ、あの」

「なあに」

「こちらのお嬢さんですね」

「はい」

華やかな振袖姿で奉公人でないことはすぐにわかった。娘はぺこりとお辞儀する。

「お鈴《すず》っていいます。あんたは」

「熊吉です」

「わあ、いい名前ねえ。ぴったりだわ」

みんなが熊吉の名前をぴったりだというが、いい名前と褒められたのは初めてだ。

というより、初対面の若い女から話しかけられたのも初めてだ。だれもが熊吉を見ただけで、怖がって避けているような気がしていた。

「じゃ、熊さん、またね」

お鈴と名乗る娘はそのまま出かけていった。

熊さんか。そんな風に親し気に呼ばれるのもうれしい。熊吉はしばらくぼんやりしていたが、あわてて、店の暖簾をくぐった。

「ごめんくださいまし」

「いらっしゃい。わあっ」

店先で小僧が熊吉に驚いた。

「どうした、末松《すえまつ》」

帳場から声がかかる。

「へーい、今、大きなお客様が見えまして」

「そうかい。いらっしゃいませ。どちら様でしょうか」

「下谷の平太のところから、ご注文の品をお届けにまいりました」

「おお、待ってたよ。ご苦労さんだねえ」

二

田所町に長屋が完成したのが昨年の八月だった。

熊吉は下谷から勘兵衛長屋に移った。そのとき、親方の平太が言ったのだ。

「おまえは筋がいいから、もうここで教えることはない。自分の長屋を仕事場にして一本立ちするがいい」

「親方、ありがとうございます」

「それと、堀江町の佐野屋さんがおまえの箸を気に入ってくださったそうだ。おまえから直《じか》に仕入れたいとおっしゃってる。どうする」

「えっ、佐野屋さんがですか」

「そうだよ」

佐野屋にはときどき箸を届けに行った。主人の伝兵衛《でんべえ》は珍しく熊吉の大きな図体に驚かず、気さくに応対してくれる。気に入られたのだろうか。

「あそこのお嬢さんが、おまえの箸が滑らかで使いやすいと褒めてくださったそうだ」

「えっ、お鈴さんが」

あのお嬢さんが俺の箸を使ってくれたのか。ちょっと気持ちが舞い上がった。

「なんだ、おまえ、お嬢さんを知ってんのか」

平太は熊吉の反応に驚いたようだ。

「い、一度、店先で挨拶したことがあります」

声がうわずる。

「ふうん。別嬪だろ。堀江町の小町娘で十七だよ。おまえ、佐野屋さんをお得意さんにしな。職人は品物を気に入ってくださる店が一番だから」

「はいっ」

「実はな」

平太は言いにくそうに目を伏せる。

「俺はちょいとおまえにすまないと思うことがあってな」

「なんでしょう」

「かかあのことだよ」

「へ、おかみさんの」

「うん、うちでは見習いの弟子は住み込みが決まりなんだ。仕事を教えるんだから、給金はいっさい出さない。その代わり、飯だけは好きなだけいくら食ってもいい。弟子を志願しにきたおまえを見て、かかあが言った。あの子は通いにしてくださいって」

「はあ」

「その図体だ。おまえを見て、とても置けない。どんだけ飯代がかかるかしれないからって」

「へえ、おかみさんが」

「そんなけちなことを言いやがるんだぜ。なにをっと思ったけど、うちの弟子はみんなせいぜい十五、六。修業を積んで仕事を覚えたら一人前になって出ていく。おまえのようないい歳の弟子は他にいない。やりにくかろう。井筒屋さんの世話だし、まあいいか。それでかかあの言うままにおまえは通いになった。この半年、飯も食わさずにただ働きさせて、すまなかった」

「なにをおっしゃるんです。あたしが親方にどれだけ感謝してるか。なんとか箸が削れるようになりました。それにね、あたし、ほんとに大食らいです。米櫃がすぐに空になります。半年も住み込みでお世話になったら米俵がいくつあっても足りませんよ」

「そんなことはないだろう」

と言いながら、平太は熊吉をじろっと見てうなずく。

「まあ、すまなかった。餞別といっちゃなんだが、おまえが使っていた道具類。鋸も鉋も鑢《やすり》も一式、持っていきな」

「それはどうも、ありがとうございます」

「佐野屋さんの箸は今後おまえに任せる。月に一度届けるがいいよ。数は六十もあれば足りるだろう。それぐらいできるだろ」

月に六十膳なら百二十本。日に二膳削れば事足りる。

「まあ、たったそれだけじゃ、大した銭にはならないな。今まで通り削れば、佐野屋さんに届けて残った分はこっちで引き取るんで持ってきてくれ。材料の櫟は安くしとくから、うちのを使えばいい」

「承知しました」

弟子入りして半年の間、親方に頼まれて二、三度、佐野屋に箸を届けた。初めて行ったとき、勝手口をうろうろしていたら、娘のお鈴が声をかけてくれた。女から気さくに声をかけられたのは、生まれて初めてのことでうれしかったが、お鈴を見かけたのはそれ一度だけだ。そのお鈴が熊吉の作る箸を気に入ってくれて、佐野屋が名指しで注文してくれたなんて。

だいたい、女に限らず、だれも気安く声なんかかけてこない。見た目が恐ろしいのは自分でも承知している。子供の頃は金太郎とからかわれ、今は荒熊のように見られている。こんな大きな図体に生まれなければよかったと思うことばかりだ。だが、佐野屋の一件は熊吉を有頂天にさせた。

いよいよ箸職人として一本立ちだ。田所町の勘兵衛長屋で、熊吉は木戸に近い南の端をあてがわれ、箸を細工する道具類とともに移り住み、下谷の長屋から米櫃や所帯道具を運び入れた。

熊吉が引っ越したとき、まだ全部は埋まっておらず、向かいの産婆のお梅、隣の小間物屋の徳次郎、へらへらした大工の半次、ちょっと不気味な浪人橘左内、小柄で色黒の鋳掛屋の二平、若い飴屋の弥太郎、ちょっと色っぽい女髪結のお京。一軒一軒訪ねて、挨拶するたびに仰天された。

「うわあ、おまえさん、大きいねえ。関取かい」

大工の半次はびっくりしたように言った。

「いえ、箸の職人です」

浪人の左内は値踏みするように熊吉を見た。

「拙者、ガマの油を売っております。橘左内と申す。そこもと、心得がおありと見たが」

「柔術を少々」

「ふふ、さようか。よしなに」

まるで武道の試合のような挨拶であった。

引っ越して三日目の朝、井戸端で米を研いでいると、二軒隣から出てきた小太りの男が熊吉を見て感心している。

「おお、おはようございます。朝餉の支度ですかな」

「おはようございます。はい、これから飯を炊きます」

「ほう、それは何日分ですか」

「今日一日の分ですが」

「なるほど」

男はうなずく。

「申し遅れました。昨夜、遅くに転居してまいった恩妙堂玄信と申します」

長屋の面々は浪人を除いて、みな町人だが、この恩妙堂と名乗る男は、頭は総髪、武家とも町人ともつかず、奇妙ななりをしている。

「熊吉です。どうぞよろしく」

「熊吉さんとおっしゃいますか。名は体を表す、まさに真言《しんごん》じゃな」

　熊吉と名づけられたから熊に似たわけではなく、熊を思わせる体形と風貌なので、殿よりその名を賜っただけのこと。

「わたし、恩妙堂は屋号でして、大道で易者をしております」

「というと、占いの」

「はい、元は祐筆でした」

　長屋の店子は元は小栗藩松平家の家中とは聞いている。学者風の易者、祐筆というのはうなずけた。

「あなた、ご商売は。関取ではありますまいな」

　また言われた。

「箸を削る職人です」

「おお、箸ですか。それはよろしいですな。箸は鳥の嘴《くちばし》からきた言葉で、川の両岸をつなぐのも橋。古《いにしえ》より人と食物をつなぐのが箸。元のお役目は」

「賄方を仰せつかっておりました」

「それで、納得がいきました」

熊吉は箸職人として長屋に居を定めたが、十軒長屋に九人の店子が揃い、すぐ近くに開店した絵草子屋の主人勘兵衛が大家となり、顔合わせの宴が開かれた。みんなの今の稼業、元の身分、そして特技が紹介され、熊吉は改めて思った。

そうだったのだ。自分が箸職人というのは世間を欺くための仮の姿であり、本来のお役目は老中となられた殿のお指図で働く隠密であったのだ。

普段は長屋で箸を削り、月に一度、佐野屋に六十膳の箸を納め、余りを下谷の平太親方に引き取ってもらう。佐野屋のお鈴には、あれから一度だけ、店先ですれ違った。

「あら、こんにちは、熊さん。お久しぶり」

にっこり笑いかけてくれるお鈴に、熊吉はぺこりと頭を下げた。

「はい、こんにちは。しばらくです」

田所町に移って、最初の晦日にお手当が出た。これだけあれば、箸を削らなくても米櫃はいつもいっぱいにしておける。充分に暮らしは成り立つが、佐野屋に納めるためにも、毎日、箸は削っている。

殿からのお指図があっても、熊吉は探索にはほとんど役立たなかったが、武道で鍛えた技は発揮できた。悪徳祈禱師一味の本拠に乗り込み、敵の大男を叩きつけた。師走には変装の名手の半次といっしょになって、悪人を騙す手助けもした。あれからしばらくお指図はなかったが、今月に血なまぐさい夜鷹殺しが起きて、また長屋のみんなが動き出した。

思えば、熊吉は色事とはまったく縁がない。お屋敷勤めのとき、賄方に奥向きの食事を女中が取りに来る。いかつい大男が応対に出ると女中たちが怖がるというので、顔を合わせることもなかった。父は隠居する前に縁談の心配をしてくれたが、一度も成立しなかった。組頭が同輩を引き連れて茶屋遊びに行くときも誘われたことがなく、吉原はもとより岡場所も知らず、この歳になるまで女人に触れる機会はなかった。

熊さんは食い気は凄そうだが色気はさっぱりだな。

平太親方のもとで箸職人となったが、若い弟子たちが熊吉のことをそんな風に囁いていたのは知っている。野暮というより、自分から女に近づこうとは思わない。全然関心がないわけではないが、怖がられたり嫌われたりするに決まっている。佐野屋のお鈴の可愛らしい笑みだけは、ときどき頭に浮かぶが、近頃、店に箸を届けに行っても、姿を見ることがなく、まあ、仕方がないと思っている。

三

「みんな、ご苦労だね。あれから少しわかったことがあるので、つき合わせておこうと思って。ま、一杯やりながら聞いておくれ」

亀屋の二階に長屋の一同が顔を揃えた。

「お京さんがいろいろと調べてくれて、胴斬りで殺された夜鷹の身元がわかった」

「えっへっへ。そいつはすごいや。さすがはお京さん、やりますねえ」

半次がうれしそうに盃をぐっとあける。

「ありがと、半ちゃん」

「では、お京さん、みんなにいきさつを」

「はい、大家さん」

お京は一同を前に背筋を伸ばして報告する。

「釆女ヶ原で殺された夜鷹が本所吉田町の長屋住まいというのは、大家さんが町方の同心から聞いた話ですので、まずその場所からあたってみました。吉田町には長屋は何軒もありまして、夜鷹も大勢住んでおります。そこで夜鷹たちが夜、飲みに集まる店を見つけて客として入り込み、ねえさんたちから噂を引き出しました。あたしも夜鷹風のこしらえで」

「うわあ」

半次が声をあげる。

「お京さんの夜鷹姿、いいなあ。見たかったなあ」

「おい、半ちゃん、腰を折るなよ。黙ってお京さんの話を聞きな」

徳次郎に睨まれ、首をすくめる半次。

「すまねえ」

お京はじろっと半次を見て、続ける。

「半ちゃん、静かに聞いてね」

「へい」

「夜鷹のねえさんたちの集まる店を見つけて、入り込んでいっしょに飲みながら、瓦版の胴斬りの話を切り出したら、みんな、あんなことがあったから、怖くて釆女ヶ原で商売できない。他の場所だっていつ危ないことが起きるかしれないけど、仕事を休み続けるわけにもいかないし、男を相手に稼がなきゃ、一杯飲むこともできやしない。そんな愚痴もいろいろ出ましたけど、うまく持っていったら、お仙さんも可哀そうねえという話。殺された夜鷹の名前がお仙。住んでいたのが吉田町の裏長屋。町方の同心の話、間違っていませんでした」

「大当たりだったね」

「ありがと、徳さん。長屋の名前もわかりました。吉田町の瀬戸物長屋。大家が瀬戸物屋の甚兵衛。翌日、さっそく瀬戸物屋を訪ねました。いきなり殺されたお仙の素性を教えてくださいなんて言っても、通らないでしょ。そこで方便。この辺りに引っ越したくて、手頃な長屋を探しているけど、瀬戸物屋さんが大家さんをしている長屋に空き店が出たんですか。そう持ち掛けました」

「うまいなあ」

「瀬戸物屋の甚兵衛、空き店はあるが、死んだ女は夜鷹で、先日胴斬りに斬られて瓦版にもなっている。そんな縁起でもない家でよければ、喜んでお貸ししますと、話がとんとん拍子に決まりまして」

「お京さん、その瀬戸物屋の長屋に引っ越すんじゃないだろうね」

半次が心配そうに言う。

「あら、大家さんにもこの前、同じことを聞かれたわ。引っ越すわけないでしょ」

「うん、それで」

「そこで、死んだお仙のことをようやく聞き出したのよ。歳は四十、夜鷹の前は岡場所、その前は吉原の売れっ子花魁。瀬戸物長屋の店子はほとんどが夜鷹らしくて、おまえさんも同業なら店賃も安くしとくって言われたんで、よろしくお願いしますと頭を下げてきました。転宅する気はないけど」

「へええ、さすがだねえ」

みな、お京の機転に感心する。

「そのあと、もう一度、引っ越しの相談に行って、お仙が夜鷹になる前の住まいが回向院の置屋で、うさぎ屋という屋号も聞き出しました。岡場所の前にいた吉原の廓の屋号やお仙の源氏名までは甚兵衛も知らなかったんで、そこは徳さんにお願いしました」

「徳さん、わかったのかい」

「はい、うさぎ屋をちょいと探りまして」

お京が言う。

「あ、徳さん、その前にもうひとつ、引っ越しの相談のとき、甚兵衛が言うには、お仙の荷物はきれいに全部片付けたが、ひょっとして、若い女が訪ねてくるかもしれない。ふた月ほど前、師走の半ば頃から同居しており、お仙が殺されてからは姿を見せない。お仙もその娘も別嬪で、親子のようでもあったが、いっしょに暮らすには人別帳がいる。ちょいの間、居候《いそうろう》させてるだけだからと言いながら、ふた月住んでたと」

「居候なら人別帳はいらないかもしれないが、なにかあると、大家のお咎めになるかららな」

「ええ、娘の名前と歳だけは甚兵衛も聞いています。名はお鈴で、歳は師走で十七だったから今は十八。お仙が死んだのと、掛かり合いがあるかもしれません。そこで、あたし、お仙の長屋の隣近所に引っ越しの挨拶かたがた聞き込みました」

「お京さん」

勘兵衛が満足そうにうなずく。

「そのお鈴についても、なにかわかったのかい」

「瀬戸物長屋のお仙の隣の人、驚いたことに、居酒屋で飲んだときにいた人だったんです。あら、あのときの。そう言われて、上がり込んでお茶をごちそうになっちゃいました」

「うまい偶然だね」

「それでお仙のこと、いろいろと知ってるんですよ。いい飲み仲間だったらしく、あんなひどい殺され方をするなんてと涙ぐんでいました。お鈴は師走からいっしょに住んでいたけど、その前からちょくちょく訪ねてきてたらしい。どう見ても堅気《かたぎ》の町娘、目が合うとにっこり笑ってぺこりと頭を下げるんで、礼儀もわきまえている。どうしてそんな娘が夜鷹の住む長屋に転がり込んだのか。近所のねえさんたち、不思議に思ってお仙に尋ねたら、娘みたいなもんだというんです」

「お仙の娘じゃないんだね」

「娘みたいなもの。隣のねえさんが言うには、どうやら生き別れの息子が最近わかったらしく、そのいい人だとのことで」

「お仙に息子がいて、お鈴という娘はそのいい人」

「惨めな暮らしをしているので、そんな夢みたいなことを心で作って言ってるだけなのか。昔は堅気の職人の女房だったこともあり、悪い亭主が博奕《ばくち》で負けて、吉原に売られた。売られる前に産んだ男の子がいて、ずっと会いたいと思っていたら、たまたま居場所がわかった。今は自分は夜鷹だから会いに行けないが、息子がお鈴を通して、いろいろと気遣ってくれる。いつか、夜鷹をやめて、息子といっしょに暮らしたい。そんなことを言ってたらしいんです」

「その話がほんとうだとしたら、お仙殺しになにかつながりがあるんだろうか」

「そうそう、甚兵衛が言ってました。お仙が死んだんで、長屋を片付けていたら、どういうわけか、真新しい箒や塵取りや笊や桶や道具がいろいろあって、急に所帯じみたようだったと。道具屋に引き渡していい銭になったらしいですけど、それ、お鈴が持ち込んだものかもしれません」

「お京さん、そのお鈴という娘の行方がわかれば、もう少し、いろいろとわかるかもしれんな。お仙殺しは相当の凄腕だ。いっしょに殺されているのか、逃げて隠れているのか、まったくかかわりのない話か」

「お仙の隣のねえさんもそれ以上のことは知らないようです」

勘兵衛は大きくうなずく。

「じゃ、徳さん。お仙がいたという岡場所のうさぎ屋について、わかったことを聞かせておくれ」

「はい。江戸の岡場所は寺社のあるところ、あちこちにあります。名高いのは深川の仲町ですが、回向院もそこそこ繁盛しています」

「徳さん、岡場所の聞き込みはどうやったんだい。また茶屋の裏口から小間物屋でございって潜り込んだかい」

半次が興味深そうに水を向ける。

「うん、いろいろと考えたんだけど、お京さんの話ではお仙はうさぎ屋のおかみと相性が悪くて、夜鷹になった。どうやら吉原で売れっ子だったのを鼻にかけるところがあり、仲間内から評判はよくなかった。岡場所では源氏名は使わずにお仙で出ていた。吉田町の長屋もお仙の名で借りていた。それが本名でしょう」

「人別帳にはほんとうの名を書くのが決まりだからね。だが、この勘兵衛長屋の店子九人は、だれも本当の名前じゃない。このわたしだってそうだよ」

勘兵衛が自分で言いながら苦笑する。

「そりゃそうです」

そう言ったのは弥太郎だった。

「あたしやお京さんは、生まれたときから忍びでしたから、だれひとりほんとうの名は知りません。名もなく生まれ、その場その場で新しい名前、それが忍びです」

「いいじゃない、弥太さん。あたし、今の名前、気に入ってるのよ」

お京がにっこりと笑う。

そうか。お京さんのほんとうの名前、わたしも知らなかった。いや、他のみんなの名前も知らない。それらを把握しているのは、お殿様、ご家老、そして世話役の井筒屋さんだけだな。あ、私の名前、権田又十郎は久助も知っていたか。そんなことをふと思う勘兵衛であった。

「それはそうと、お仙のいた吉原の廓、店の名前とお仙の源氏名がわかりました」

「ほう、さすが徳さん。どうやったんだい」

「ちょいと言いにくいんですが」

「あ、わかったぞ。岡場所で遊んだんだろう」

　半次は鋭い。

「まあ、そんなところだ」

「ちぇっ、色男だねえ、徳さん、やることがいつでも」

「回向院門前の料理茶屋に揚がって、うさぎ屋から女を呼んでもらった。若いのではなく、古手《ふるて》を頼むといったんだ」

「なるほど」

「そこで現れたのが、けっこう大年増でしたけど、いろいろと話を聞き出せました。お仙はそんなに嫌な女じゃないけど、年増になっても別嬪だし、吉原で売れっ子だったというのをつい自慢してしまう。吉原の春風楼《しゅんぷうろう》に夕月《ゆうづき》という源氏名で出ていたと」

「春風楼、聞いたことあるよ」

「知ってるのかい、半ちゃん」

「揚がったことはないけど。けっこう高い店らしい」

「吉原は高い店が多いよ。で、ほんとか嘘か全盛の頃には大名さえ相手にしたというのが自慢だったとか。三十過ぎまで春風楼でしたが、歳をとると大籬《おおまがき》では出られません。年季があけても堅気にならず、格を落として、住み替えましたが、三十半ばで吉原を出ます」

「そうなんだよなあ。吉原は三十過ぎると住み替え、さらに居座るとやり手になるしかないんだ」

「吉原の話はそこまでで、回向院に来て三年ほど岡場所に出ていたんです。別嬪だし吉原の手練手管もいろいろ知ってるから、けっこう売れてたようですが、吉原と比べるとあんまりいい稼ぎにならない。というんでおかみとも反りが合わなくなって、結局飛び出し、吉田町に流れてきて夜鷹になったようです」

「夜鷹は岡場所よりももっと稼ぎが少ないだろうに」

「紐がついていなければ、稼ぎは全部自分のもの。四十前で別嬪の夜鷹なら、そこそこいい稼ぎになったでしょう」

「わびしいなあ」

半次は寂しそうにうつむく。

「でも、それだけじゃ、お仙が殺された真相には、まだたどり着けないな。徳さん、遡《さかのぼ》って、吉原の春風楼のこともちょっと突っ込んでみてくれないか」

勘兵衛の言葉に半次は目を瞠《みは》る。

「おお、吉原かあ。いいなあ、徳さん」

「お仙が夕月の名で出ていたのは十年ほど前ですからね。店がまだあるか、知ってる者がいるか、当たるだけは当たってみましょう」

「そうだな。十年前じゃ、今度の殺しにつながるかどうか。無理しなくていいよ」

「いえ、吉原でしたら、行ってみます」

「徳さん、回向院の岡場所でいい目をみたんで、今度は吉原だね」

「なに言うんだよ、半ちゃん。探索のために行くだけだから」

「あっしもいっしょに行きたくなりましたあ、吉原に」

「よせやい」

「あのう」

熊吉が小声でぼそっと言う。

「なんだい、熊さん」

「ちょっと気になることが」

「ほう」

「お仙の長屋に居候していた娘の名がお鈴っていうんですね」

うなずくお京。

「そうよ」

「歳は今年十八」

「去年十七だったから」

「商家の素人娘で別嬪」

「瀬戸物長屋の甚兵衛も、お仙の隣近所のねえさんたちも、そう言ってるわ」

「うーん」

腕を組んで考え込む熊吉。

「どうしたい、熊さん。なにかあるのかい」

「はあ、まだなんとも言えませんが、あたしが箸を届けている荒物屋のお嬢さんがお鈴さんといいます。歳は今年十八で別嬪です」

「まあ」

お京が驚く。

「熊さん、その荒物屋さんてどこなの」

「堀江町の佐野屋さんていうんですが、そうだ。明日にでも箸を届けに行って様子を見てきましょう。たまたま名前がお鈴さん、歳が十八、そこがいっしょなだけで、お仙のせがれのいい人ってのは、あり得ませんけど」

「別嬪なのね」

「はい、お京さんには負けるかもしれませんが、堀江町では小町娘です」

「あら、どうしましょ。驚いたわ。あたし、熊さんにお世辞を言われちゃった」

うれしそうなお京であった。

四

日本橋堀江町の佐野屋はこぢんまりとした荒物屋でさほど大きな店ではない。主人の伝兵衛と女房のお光《みつ》、娘のお鈴、他に子はなく、奉公人は小僧の末松と女中のお竹《たけ》、これだけである。扱っているのは台所道具、掃除道具、火道具などの日用の品で、高級なものはなく、客筋はほぼ近所の町人である。

佐野屋が熊吉の箸を注文したのは、娘のお鈴が気に入ったからでもあるが、平太のものより安価で出来は悪くない。高級な箸を求める客は箸専門の店に行く。荒物屋の箸ならば、熊吉のもので充分に間に合うのだ。

「ごめんくださいまし」

「へーい」

末松がぺこりと頭を下げる。

「いらっしゃいまし。旦那様、熊吉さんがお越しですよ」

「ああ、いらっしゃい。どうしたんだね」

箸を届ける期日にはまだ四、五日ある。

「旦那、ごめんくださいまし。少し早くではございますが、ちょいと近くに用があったものですから」

「そうかい。おまえさんのところ、たしか田所町だったな」

「はい」

「以前の下谷より近くなってよかったね」

「はい、ありがとう存じます」

「今、受け取りを書くから、払いは晦日まで待ってくれるかい」

「それでけっこうでございます。ときに佐野屋さん、今日も、お嬢さんを見かけませんが」

伝兵衛の顔が曇る。

「なんだい。お鈴がどうかしたかい」

「いえ、今日はいらっしゃらないんですか」

「ちょいと出てるが、なんだい」

伝兵衛は熊吉に対して普段は気さくだが、お鈴の話題が出たとたん、悪い虫でも見るような敵意が感じられた。

「こちらであたしの箸を扱ってくださって、ほんとに感謝しております。先日、下谷の親方からうかがいましてね。なんでも、こちらのお嬢さんがあたしの箸を褒めてくださって、それでお取り引きさせていただけるようになったとのことで、お嬢さんがいらしたら、一言お礼を申し上げたいと存じまして」

口下手な熊吉だが、これだけはすらすら言えた。稽古しておいてよかった。

「なんだ、そんなことか。ご丁寧にありがとうよ。お鈴が帰ったらおまえさんが礼を言ってたと伝えておくよ」

「さようでございますか。では、よろしくお願い申します。ごめんくださいまし」

佐野屋を出てしばらく歩くと、後ろから声がかかる。

「熊さん、どうでした」

弥太郎が問いかける。

「うん、お鈴さんはいなかった」

いれば、一目会いたかった。礼を言いたいというのはいい口実だと思ったのだが、残念である。

「そうですか。佐野屋の旦那や奉公人に変わった様子はありませんか」

「さほど変わりはないけど、ただ、あたしがお嬢さんのことを尋ねたら、旦那は、機嫌を損ねたように見えたよ」

年頃の娘を持つ親なら、警戒は当然かもしれない。ましてや熊吉のような大男が相手ではなおのことであろう。

「じゃ、熊さん。あたしはもう少し様子を見ることにします。ほんとうに出かけているのかどうか。出かけているとして、ちゃんと帰ってくるかどうか」

「頼んだよ、弥太さん。あたしも心配だが、こんな図体でここらをうろうろしてたら、目立って仕方ないからね」

「任せといてくださいな。あ、それから、今、徳さんがこの辺りの商家をまわって、いろいろと探りを入れています」

「それなら、なにかわかるかもしれないね。なんにもなければいいいんだが」

さて、どう進めればいいだろう。

勘兵衛は今日も昼飯のあと、亀屋の二階で考え込んでいる。お殿様からの今回の指令は、采女ヶ原で胴斬りにされ無残に殺された夜鷹の一件を詳しく調べよとのことだが、不明な点が多く、真相になかなか辿り着けない。

ひとつわかったのは夜鷹の素性。名はお仙、歳は四十、住まいは本所吉田町の瀬戸物長屋、吉田町に住む前は回向院の岡場所でうさぎ屋という置屋におり、その前が吉原。吉原では大籬の春風楼で夕月を名乗り、売れっ子の花魁だったが、三十を過ぎて格下に住み替えし、その後吉原を出て回向院の岡場所に移り、最後は本所吉田町だった。そして、今月、采女ヶ原で胴斬りにあい、腹を切り裂かれて無残な最期をとげた。

これだけではお殿様に報告はできない。お仙はなにゆえに殺されたか。だれが殺したのか。血に飢えた獣のような人殺しに、たまたま出遭っただけかもしれない。あるいはなにものかと対立して争い、憎まれていたのか。とすれば、恐ろしい胴斬りは強い悪意ゆえか。

もうひとつ。お仙は親子ほど歳の離れた若い女を昨年の師走頃から同居させていた。女の名はお鈴、歳は十八。素人の町娘風だが、お仙が殺害された頃から、姿を消している。四十の夜鷹がどういうわけで町娘と同居したのか。お仙が隣人に生き別れだったせがれのいい人だと語ったらしい。苦界に沈む前に子がいたのか。どこまで真実かはわからない。お鈴の素性が判明し、さらに詳しい事実がわかれば、人殺しに行きつくのか。あるいは謎が深まり、ますます身動きがとれなくなるのか。


「旦那様」

階段の下から久助の呼ぶ声がした。

「なんだい」

「徳さんが旦那様に知らせたいことがあると、おっしゃってます」

ほう、なにかわかったかな。

「徳さん、おあがり」

「はーい、ではお邪魔しますよ」

とんとんと徳次郎が階段を上がってきた。

「なにか、わかったようだね」

「まだはっきりしませんが、昨年師走からお仙と同居していたお鈴という若い女、やはり、熊さんから箸を仕入れている堀江町の佐野屋の娘ではないかと思うのです」

「ほう。では、いつものように堀江町の佐野屋の周辺の商家に小間物を担いで嗅ぎ回ったんだね」

「はい、下駄屋や傘屋《かさや》など何軒か」

「何軒もかい」

「なにも出ない家も入れて何軒もです。佐野屋のお鈴、近所じゃ、あんまりいい噂はありませんねえ」

「評判がよくないのか」

「ちょっとね」

徳次郎は肩をすくめる。

「なるほど。よくない噂は、うん、色恋の噂だな」

「わかりますか」

「お鈴は界隈で評判の小町娘、若くて別嬪。となると悪い噂があるとすれば、身持ちがよくない。あるいは男にだらしない。そういう悪口に決まっている」

「そうなんですけど、よくわかりましたね」

徳次郎は感心する。

「美人に悪い噂といえば、そんなところだ」

「はあ、でもどうして美人だと、男にだらしなく身持ちが悪いんですか」

「おまえさんは美男だろ」

「いや、それほどでも」

首筋を撫でる徳次郎。

「謙遜しなさんな。美男は女にもてる。ちやほやされてうれしい。女が競って口説いてくる。すると、つい間違いを起こして」

「え」

「噂になって、おまえさんの場合は切腹だったね」

「いやだな」

「これが美人の場合、やはり男たちにちやほやされる。女を口説くのに慣れてるやつもいる。十七、十八の素人娘なら、手練手管の男に口説かれれば、ころりと参る。うまく運んで祝言となればめでたしだが、男にとってはただの火遊び。別れてまた次の男に口説かれ、くっついたり別れたり。若い身空でこんなことが繰り返されると、ふしだらな女と評判が立つ。それが美人の宿命というものだ」

「ひどいわ、大家さん」

いつの間にか横でお京が睨んでいる。

「あ、お京さん、いつの間に」

「さっきからいましたけど、美人がみんな身持ちが悪く、ふしだらで、男にだらしがないなんて、聞き捨てなりませんよ」

「いやいや、そうじゃない。美人がみんなというわけではないがね。その佐野屋の小町娘については、そうだろうと推測しただけだ」

「佐野屋の小町娘、熊さんが、あたしより負けるって言ってましたけど。あたしは小町娘に輪をかけたふしだら女ってことかしら」

「いやあ、弱ったね」

「うふふ、大家さんたら、冗談ですよう」

お京がいたずらっぽく笑って、勘兵衛の肩を小突く。

「だけど、お京さん、どうしてここに」

「徳さんに呼ばれたんですよ」

お京と顔を見合わせる徳次郎。

「実はお京さんにも、いろいろと調べてもらいまして」

「そうなのか。お京さん、ありがとう。じゃあ、まず徳さん、佐野屋の娘の悪い噂から聞かせておくれ」

「承知しました。周辺で聞き込んだ話ですが、お鈴は佐野屋の一人娘で、他に兄弟はおりません。つまり、婿《むこ》を取らなければ店が続かない。で、昨年、縁談が持ち上がりました。それも三件。荒物屋の商売はそんなに大きくなくて、つつましいもんですが、お鈴は評判の美人です。婿になりたがる男が三人もいて、選り取り見取り。ところが三件とも壊れました。しかも向こうから断ってきたんです」

「なるほど。その理由が身持ちが悪いという噂なんだね」

「はい」

「ほんとのところはどうなんだね。噂通りなのか」

徳次郎は軽く溜息をつく。

「身持ちが悪いなんてもんじゃありません。もっとひどかった」

十七の小町娘が縁談を三件も断られるほどの身持ちの悪さとは、いかなるものであろうか。

「お鈴はどちらかというと明るくて、気立てのいい娘だそうです。父親の伝兵衛も母親のお光も、娘の縁談が壊れて驚いたということです」

「ふた親が知らないところで浮名でも流していたのか」

「浮名ぐらいなら、まだいいんですが、芳町《よしちょう》で遊んでいたようです」

「芳町というと」

「大家さん、ご存じありませんかね。芳町といえば、堺町や葺屋町《ふきやちょう》の芝居町の南側にある盛り場ですよ」

「若い娘が盛り場で遊ぶというのは、男と悪い遊びをしていたということか」

「芳町には茶屋が何軒もあります。ですが、ただの茶屋じゃないんです。これが軒並み陰間《かげま》茶屋なんですよ」

「陰間、というと衆道《しゅどう》の口か。それなら、おまえさんのような二枚目が歩くと、店の男が声かけてくるんだろう。そんな場所に若い娘が行くのか」

「女がこっそりと楽しめる店があるんですよ」

勘兵衛には想像もつかない。

「女がこっそりねえ」

「陰間茶屋はもともと、芝居の見習い役者が芸の修業を口実に、芸を売らず男に色を売るところです」

「つまり、若い男が男の客相手に花魁の真似事をする吉原みたいなものだね」

「吉原はお上がお許しになっていますが、芳町はお許しがありませんけど、まあ、似たようなもんです」

「そんな場所で女がどうやって楽しむんだね」

「そこですよ。芝居の世界は半ちゃんのほうが詳しいですが、芝居町には芝居茶屋というのがありまして、上客は小屋で芝居を見る前に、この茶屋に立ち寄り一服いたします。茶など飲んで、茶屋の番頭に芝居小屋まで案内され、茶屋の押さえた席で一日芝居を楽しみます。武士は芝居など見るのは表向きご法度ですが、半ちゃんみたいに好きな侍はけっこういて、芝居茶屋に刀を預け、町人風に着替えて芝居を見ることもあるそうです」

「芝居を見るのも面倒なんだね、お侍は」

「芝居の途中で、小屋の席に茶屋から酒や弁当が届いたり、芝居が終わると茶屋に戻って飲み食いしたり、けっこう金がかかります」

「なるほどねえ」

「もっと金のかかることがありまして、芝居が終わって茶屋に戻った客が、ここに贔《ひい》屓《き》の役者を招いて、もてなすんですな」

「役者をもてなす」

「いっしょに飲み食いして、祝儀を渡す。これがまた安くない」

「つまり、芝居町では芝居を見るだけではなく、金を出せばそれ以上の楽しみがあるわけだ」

「はい、さらに内緒の楽しみ。男の客が色っぽい女方役者と茶屋の奥座敷でふたりだけになって楽しみます」

　勘兵衛は顔をしかめる。

「そんな淫らがましい衆道が許されるのか」

「表向きには許されませんが、茶屋の大きな実入りになります。結局のところ、それを芝居抜きで直にやるのが陰間茶屋。客の相手をするのが、美男の若衆」

「わかった。が、どうしてそんなものを女が楽しむ」

「そこですよ。芝居見物をするのは男の客ばかりではありません。女の客も多い。客筋は大店のおかみさん、踊りの師匠、羽振りのいい芸者なども男の役者と芝居茶屋の奥座敷で飲み食いして、ふたりきりで過ごします」

「おい、それは色事だな」

「はっきり言えばそうです。世の中には目端の利く商売人がおりますね。芝居茶屋の奥座敷で役者と女の客が懇ろになるのなら、女相手の陰間茶屋もいけるんじゃないか。そこで近年、陰間茶屋の並ぶ芳町に色子《いろこ》茶屋というのができまして」

「徳さん、だんだんわかってきたよ」

　勘兵衛は膝を打つ。

「佐野屋のお鈴は色子茶屋に入れ揚げたわけだな」

「ご明察。色子茶屋は男と女の立場をひっくり返した吉原みたいなもんです。客が女で花魁が男。もちろん、お上のお許しなんてありませんが」

「男の場合、色里に入り浸れば放蕩者の評判が立つ。色子茶屋に頻繁に通うお鈴に淫らな噂が流れて、縁談がことごとく壊れたんだな」

「そうなんですよ。近所で集めた噂によりますと、お鈴が芳町に足を踏み入れたのは去年の春。踊りの稽古仲間三人で面白半分に冷やかしに行ったそうです。店の前で前髪の若衆が手招いていて、ふらっと呼び込まれまして、入ったのが若竹屋《わかたけや》という色子茶屋。初めてのお客は大切にもてなされます。初会はそんなに高い銭を払わなくてもちやほやしてくれる。お鈴といっしょに芳町に行ったのが、近所の足袋屋《たびや》の娘と提灯屋《ちょうちんや》の娘。別嬪のお鈴だけがちやほやされるんで、次からは行ってないそうで、どうやら裏を返したのはお鈴ひとり。悪い噂はこのふたりがやっかみ半分で流したんじゃないかと、あたしは踏んでおります。吉原でも、もてない男がもてた男を悪く言うなんて、よくありますから」

「それは、おまえさんのことだね」

「まあ、それはそれとして、お鈴は芳町でいい思いをしたらしい。最初は親から貰う小遣いでなんとかなったのが、二度三度と重なりますと金がかかります。それでとうとう店の帳場から金をそっと抜き出して、それで遊ぶ。やがて伝兵衛に見つかり、親子喧嘩。母親のお光は最初は庇いましたが、お鈴は芳町通いをやめず、とうとう家出をしたのが、昨年の師走。その後の行方は知れません」

「娘がいなくなったんじゃ、佐野屋は大騒ぎだろう」

「それがそうでもないんです。騒ぎが大きくなれば娘の瑕《きず》になる。店の女中や小僧にも言い含め、家出したことさえ、どこにも届けておらず、騒ぎもせず、探しもしない。まだふた月ほどのことなので、おとなしくしているんでしょうかねえ」

「それって、熊さんには教えたくない話だわね」

お京が言う。

「家出したのが師走で、吉田町のお仙のところにお鈴という名の娘が転がり込んだのも師走。ここまで重なれば、おんなじお鈴に違いないと思うわ。お仙の長屋に新しい道具類がたくさん揃っていたというのも、お鈴が自分の家から持ち出した荒物じゃないかしら」

「うん、まず、そんなところだ。だが、佐野屋の夫婦、娘がいなくなって、よく平気でいられるな。吉田町のことは知っているんだろうか」

「それは知らないんじゃないですかねえ。胴斬りで殺された夜鷹の長屋に娘が同居してたなんて、知ってたら平気で涼しい顔して商売なんてやってられませんよ」

「しかし、なんだな。女相手の芳町の茶屋、若い娘が行くなんて、ちょっと信じられないな。お鈴は明るくて気立てのいい娘だったんだろ。それが、親の金を持ち出して男を買うなんて」

　勘兵衛は話を聞くだけで気が滅入って、大きな溜息をついた。

「大家さん、あたし、その芳町の若竹屋に行ってみました」

「ええっ。お京さん、そんなところへ」

「だって、虎穴《こけつ》に入らずんば虎子《こじ》を得ず、と言いますでしょ。徳さんから聞いて、すぐに」

「そうなんです。あたしは男だから、岡場所や吉原は探れても、女相手の色子茶屋には入れませんからね」

「うん、だけど、お京さん、大丈夫だったのかい」

　お京は笑う。

「まあ、大家さん、心配してくださって、うれしいわ。お鈴が消えたことと色子茶屋とはなにかかかわりがあると思いましてね。どんなところか見ておかないと話が始まりません。どんないい男が揃っているのか、お鈴はどんなふうに遊んだのか。あたし、初会でしたから、そんなにお金もかかりませんでした。若い女が気軽に入れる金額でした。二度目、三度目はもう少しかかりましたけど」

「二度目三度目、お京さん、そんなに行ったのかい」

「話を聞き出すためですから」

「だけど、男が相手するんだろ」

「はい、二枚目の若衆が、手練手管で相手してくれますんで、いろいろと教わりました。うふふ。そこで芳町でのお鈴の行状、仕入れてきました」


陰間茶屋のずらりと並ぶ芳町の通りに、けばけばしい色彩の目立つ一角があり、そこだけ女の通行人が足を止めている。初めて来たお京もそこの三軒が女の客を目当てにした色子茶屋だとすぐにわかった。


真ん中の店の入り口に若衆姿の男が通行人たちを手招いている。田舎から出てきたばかりの江戸見物といった浅葱裏《あさぎうら》の勤番侍がにやにやしながら近寄っていくと、若衆が申し訳なさそうに頭を下げる。

「勘弁してください。こちらはお女中のみ、殿方はお断りでございます」

「なんじゃ、つまらんのう」

不服そうに去っていく勤番侍を見送り、お京は茶屋に近づくと、すかさず若衆が声をかける。

「別嬪のねえさん、いかがです。今から中で歌と踊りが始まるところですよ。寄っていきませんか」

「なんの歌なの」

「三味《しゃみ》と太鼓《たいこ》で若衆踊り」

そう言いながら、呼び込みの若衆が体をくねくね揺すり踊る真似をする。

「ここ、なんていう店なの」

「あ、ねえさん、どちらかの店をお探しですね。どこをお探しですか」

「教えない。あんたが先に言いなさい」

「さすがだなあ。ねえさん、慣れてますねえ。うちは若竹屋です」

「じゃ、ここにするわね」

「ありがとうございます。どうぞ、どうぞ、お入りくださいませ」

入ると、すぐに五人の若衆が楽しそうに歌と踊りでお京を迎えた。

「いらっしゃいませ。おひとりですか」

「そうよ」

「初会ですね」

「ええ、よろしく頼むわ」

「お好みはいかがでしょう」

「そうね。あんまり若くない若衆がいいわ」

「ねえさん、遊び慣れていらっしゃいますね。どうぞ、こちらへ」

通された座敷でしばらく待っていると、二十過ぎの若衆が入ってきて、深々と頭を下げる。

「ようこそ、お越しくださいました。わたくし、菊三郎《きくさぶろう》と申します。どうぞよしなに」

「いい男ねえ。惚れ惚れするわ」

「ねえさん、お上手ですこと。さあ、おひとつどうぞ」

菊三郎が酌をしてくれた酒を口元に持っていく。酔っていい気持ちになったところで、二枚目の若衆に甘い言葉を囁かれると、並みの女は虜《とりこ》になってしまうに違いない。

その手には乗るものか。

その夜、くノ一の秘技に翻弄され骨抜きになったのは菊三郎のほうであり、お京に尋ねられるままになんでもかんでも洗いざらいしゃべった。

　菊三郎は東両国《ひがしりょうごく》の見世物小屋に生まれ、幼い頃から芝居が好きで、十三のとき、中村座《なかむらざ》の名題《なだい》をしている役者の弟子になった。役者は実力があれば、名題ぐらいにはなれるだろうが、名門の家に生まれないとなかなかいい役はつかないと師匠から諭《さと》され、二年間がんばったが、芽が出ず、十五の歳に修業になるからと、陰間茶屋で働かされ、男の相手はいやだったので、師匠に相談すると、ちょうど女相手の茶屋ができるからというんで、開業したばかりの色子茶屋若竹屋に移ったのが十六のときで、もう五年ここにいて、若い子の世話役も兼ねる古株である。

　最初の日はそこまで。お京はすぐに再び訪れ菊三郎を指名する。今度は何気なく、お鈴のことを知らないか尋ねた。昨年の春、若い町娘が三人で初会、その後はひとりでしょっちゅう通っており、名前はお鈴、家は堀江町の荒物屋、歳は昨年十七、別嬪であると。

　しばらく考え込んでいた菊三郎は、荒物屋のお鈴ちゃんならよく知っているというのだ。お鈴は初会では本名を名乗らなかったが、二度、三度と来るようになって、荒物屋の娘で名前がお鈴というのも、店の若衆たちに知れた。別嬪の客なので、覚えている。お鈴の相方《あいかた》になったのが最初から仙之丞《せんのじょう》という売れっ子で、逢瀬を重ねるごとにふたりの仲は深まった。お鈴は仙之丞にぞっこんで、しょっちゅう通ってくる。美男美女のふたりは同い年、まるでお雛様のようだと羨ましがる若衆もいた。色子茶屋は客を喜ばせる商売だが、どうやら仙之丞は商売抜きでお鈴に惚れたらしい。

　相思相愛のお鈴と仙之丞の仲は若竹屋の主人の竹五郎《たけごろう》にも知れる。色子は女をいい気持ちにさせて、金を貢がせるのが本分。惚れたと思わせるのは手管として大事だが、決して惚れてはならない。

　茶屋遊びには金がかかる。客の中には若衆にのめり込んで、借金を作ってまで通う女もいる。たまにきれいな女の客が来ると、店への払いを立て替えることもあり、それが溜まって返せなければ、竹五郎の手下が家まで押しかけ取り立てる。払えない場合は証文を形《かた》に、その女を岡場所で働かせる。

　若竹屋の両隣も竹五郎が所有していた。竹五郎は芝居町の顔役であり、無法者を手下に使っている。芝居小屋に出入りし、売れない名題役者の弟子に目をつけると、色子茶屋で働くよう勧める。仙之丞も役者見習いから引き抜かれた口だ。周囲の陰間茶屋からも陰間を引き抜いて自分の店の色子にするので、嫌がられているが、ごろつきの子分を何人も抱えているので、どこも怖がって相手にしない。

　三度目に訪れたとき、お京はさらに興味深い話を聞き出した。

昨年の夏頃から傲慢で横柄な年配の女が仙之丞の客になった。金はあるが、外見は猪《いのしし》を思わせ、仙之丞をいたぶり弄《もてあそ》んだ。仙之丞はあの客だけは勘弁してほしいと竹五郎に訴えたが、おまえごときが客を選べる身分かと逆に殴られた。猪は身分の高い武家の奥方らしく、いつもお供がついている。お供は背の高い狐《きつね》のような女で若衆とは遊ばず、次の間で控えている。女なのに袴《はかま》を着けて、腰に刀。陰間茶屋で遊ぶ武家は刀を帳場で預かるが、色子茶屋に武士が来るわけもなく、猪のお供ということで勝手にさせている。仙之丞の前に若い見習いの色子が奥方にいじめられて首を吊ったこともあり、命があるだけありがたく思えと竹五郎は言った。

仙之丞はお鈴が来ると、醜い奥方の悪口を言っていた。このままじゃ、自分も猪にいたぶられて殺されるかもしれない。先月あたりからお鈴が来なくなり、今月になって、仙之丞が店から姿を消した。奥方様のお気に入りがいなくなったので、竹五郎は目の色を変えて子分たちに探させたが、結局、見つかっていない。まず、見つからないだろうなあ。そう言って菊三郎は笑った。

お京は尋ねる。武家の奥方といえば亭主は旗本か大名。お殿様のお名前はわかるの。

仙之丞はもちろん知っていた。実はおいらも仙之丞から聞いてるんだ。でも、口が裂けても言えないね。命がないもの。

「お京さん、三日通って、それだけのことを聞き出すなんて、畏れ入りました」

　徳次郎が頭を下げる。

「菊三郎の命が危ないかもしれないわ。あたし、お殿様の名前、無理やり聞き出したから」

　勘兵衛もうなずく。

「お京さん、よくやってくれた。お鈴と仙之丞が姿を消したのは、若い色子を死に追いやったその奥方とかかわりあるかもしれないね」

「まさか首まで吊っていないと思いますけど」

「あとは夜鷹のお仙とお鈴のつながりだが」

「あっ」

「どうした、お京さん」

「菊三郎がもうひとつ。最近、生き別れのおっかさんの消息がわかったって、そんなことを仙之丞が言ってたそうです。自分の暮らしもひどいけど、おっかさんはもっとひどい。なんとか楽させてやりたいって。お仙が隣のねえさんにお鈴のことを生き別れのせがれのいい人だって言ってたのがほんとうだとすると」

「仙之丞はお鈴と同い年、ということは生まれたのは十七年前か。お仙が二十三のときだな」

第三章　色子《いろこ》茶屋

一

「ほう、そこまでわかりましたか」

井筒屋の奥座敷で作左衛門は感心する。

「はい、胴斬りで殺された夜鷹は本所吉田町に住むお仙。昨年の師走《しわす》からお仙と同居していたお鈴は堀江町の荒物屋の娘で、芳町の色子《いろこ》茶屋で仙之丞という若衆と恋仲でした。どうやらお仙と仙之丞は親子らしい。そこは今、調べさせています」

「素晴らしい。そして、仙之丞を色子茶屋で昨年から虐待していた客というのが」

「はい、寺社奉行を辞職した斉木《さいき》伊勢守《いせのかみ》の奥方です」

作左衛門は感嘆する。

「よくぞ、そこまで。長屋のみなさんのお働き、いつも驚かされます」

「今回はお京がいろいろと探りました。色子茶屋の客にまでなって」

「やりますなあ。斉木伊勢守といえば、どうも、因縁のある御仁《ごじん》のようです。大奥の御年寄《おとしより》に推されて、一昨年は老中職を狙っていましたが、殿が先に推挙され就任なされたため、老中にはなれなかった。しかも、昨年は獄門になった山城屋《やましろや》から賂《まいない》を受け取り優遇していたことが発覚し、寺社奉行も辞めさせられました。それもこれも長屋のみなさんのお働き」

　勘兵衛は大きくうなずく。

「ありがとうございます。伊勢守の奥方は以前から芝居茶屋で大層評判が悪かったようです。金にあかせて贔屓《ひいき》の役者を呼び寄せ、さんざんに弄《もてあそ》ぶ。寺社奉行の奥方という権威と小判の威力で好き放題に遊んでいたそうで、玄信先生にちょいと調べてもらったんですが、奥方の実家は将軍家と縁のある上泉家《かみいずみけ》」

「ほう、上泉家ですか」

「ご存じですか」

「たしか三河《みかわ》の名門ですな」

「伊勢守の奥方は上泉周防守《すおうのかみ》のご息女鶴姫《つるひめ》様。伊勢守の幕閣での出世は奥方の実家の後押しがあったればこそ、次は老中というところで、うちの殿に先を越されて、寺社奉行も辞職」

「そうでしたな」

「今、この時期に奥方が芝居小屋に出入りして、芝居茶屋で役者と懇ろなどという噂が立てば、斉木家にどんなお咎めがあるかしれません。絵島生島《えじまいくしま》の例もありますから」

「ははあ、武家に芝居町は鬼門です。大工の半次さんも、それでお役御免になり、長屋のお仲間になってますよ」

「はい、みんなから半ちゃんと呼ばれて、いつもへらへらしながら、大いに役立っております。あの男は茶屋遊びはせず、ほんとうに芝居が好きだったんでしょう」

「なるほど、伊勢守の奥方は芝居よりも役者が好きで、今度は色子茶屋に入り浸りですか」

「芝居町よりも芳町のほうが、表沙汰になれば御家にかかわると思うんですが、処置なしです。見習いの色子がいじめられて首を吊り、次に弄ばれた仙之丞が姿を消しました」

「ははあ、どうやら読めてきましたぞ。勘兵衛さん、奥方の正体を知った色子の仙之丞、それと恋仲だったお鈴も行方がわからず、お鈴が同居していた夜鷹のお仙がむごい殺され方をした。ということはお仙もまた、奥方の正体を知ったために命を落としたのか」

「次の世直しになりましょうか」

「はい、夜鷹殺しの背後に伊勢守の奥方がかかわりあるとすれば、ただの色狂いでは済みますまい。町娘が安直に遊べる色子茶屋、それを仕切っているのが博徒《ばくと》まがいというのも気になります。今までわかったところまでは、ご家老から殿のお耳に入れていただきましょう。もう少し、探ってもらえますかな」


ああ、もう生きているのがいやになった。俺なんか、死んだほうがましかもしれない。東両国の休業中の見世物小屋で息をひそめながら、千太郎《せんたろう》はじっとしていた。芳町の色子茶屋若竹屋で仙之丞と名乗っていたが、もうあそこへ戻ることはない。せっかく消息の知れたおふくろが俺のせいで死んでしまった。俺も死にたいが、ひとりでは怖くて死ねない。かといって、お鈴を道連れに心中はできない。

思えば、生きていてもしょうがないような、つまらない人生だったと千太郎は思い返す。おふくろがいなくなったのは二つか三つの頃。

「おまえのおふくろは、とんだあばずれだ。男を作っておまえを捨てて出ていきやがったぜ」

親父は酒臭い息を吐きながら、しょっちゅうおふくろの悪口を言い、そのたびに千太郎を殴った。

千太郎が十二のとき、親父が死んだ。十年以上、養ってもらったのだから感謝すべきか。とんでもない。親父は酒浸りで働かず、幼い千太郎は物乞いをさせられ、稼ぎが少ないといっては殴られた。だから、親父が死んだときは、もう殴られないで済むとうれしかった。

住んでいた三ノ輪《みのわ》の長屋の連中が弔《とむら》いを出してくれた。おふくろの知り合いだというおばさんが来てくれて、おふくろのことを教えてくれた。男を作って逃げたというのはとんでもない親父の作り話で、ほんとうは博奕の借金で首の回らなくなった親父が、おふくろを吉原に売り飛ばしたのだ。

「お仙さん、かわいそうだったわ」

おふくろは泣きながら、幼い千太郎と別れなければならなかったのだ。その後、おふくろはどうしているのか。おばさんはそれ以上のことは知らなかった。

長屋は出るしかなかった。住人はみな貧しく、だれも千太郎の面倒をみる余裕はない。だれひとり頼る者もなく、千太郎は十二で世間に放り出された。

最初に吉原まで歩く。三ノ輪から近かったし、ひょっとしておふくろに会えるかもしれないと思ったのだ。だが、大門で怖い門番に追い返された。ここはおまえのような餓鬼の来るところじゃないと。

ふらふらと歩いて浅草の奥山《おくやま》まで行くと、賑やかだった。大道で物売りや芸人、見世物が並んでいて、飽きずに眺めていると、急に腹が減ってきた。団子屋の屋台が出ていて、じっと眺めていると、ついふらふらと手が出そうになる。その手を横からつかまれた。

「小僧、その団子が食いたいのか」

五十がらみの頭巾の男、派手な裁着袴《たつつけばかま》に草履《ぞうり》履き。千太郎がこくんとうなずくと、団子屋から一本買い求め、千太郎に手渡した。

「さあ、遠慮なく食え。おまえ、この近所の餓鬼か。家はどこだ」

首を横に振ると、男はにやりと笑った。

「よし、俺についてこい」

男は太神楽《だいかぐら》の芸人で、千太郎に飯を食わせてくれて、長屋の隅に泊めてくれた。それから曲芸をいろいろと教わり、大道で男が芸をするのを横から手伝った。だが、さほど器用ではなく、芸は上達しない。

「おまえ、太神楽には向かないようだ。器量は悪くないので役者はどうだ」

十三で堺町の芝居小屋に連れていかれ、楽屋番の年寄りに預けられ、あまり売れていない名題役者の弟子になった。身の回りの世話から使い走りまでなんでもやらされたが、役者の修業になったかどうか。半年もしないうちに若竹屋の竹五郎に引き取られ、そこで付けられた名が仙之丞。

「おまえ、堺町から売られてきたね」

そう声をかけてくれたのが菊三郎で、以後、仙之丞は兄貴分として慕っている。親切に女客のあしらい方、色恋の手立てをあれこれ教えてくれた。

仙之丞はめきめきと頭角を現し、売れっ子になった。ここで稼げば、将来、なにか商売でもして、おふくろを探し出し、いっしょに暮らせる。

去年の春、町娘が三人やってきて、そのうちのひとりの相手をした。別嬪だったが驚いたことに生娘《きむすめ》だった。そんなこと、生まれて初めてだ。たいていの客は玄人筋《くろうとすじ》か素人《しろうと》でも擦《す》れた年増だったから。

またすぐに、その娘が今度はひとりで来て、仙之丞を名指しで選んでくれた。娘は初めてお鈴と名乗った。それ以後、お鈴は何度も通ってくる。その都度、仙之丞が相手をした。そうたびたびでは銭が続かないだろうと心配したが、お鈴は家が堀江町の荒物屋で屋号は佐野屋、ひとり娘だから小遣いはけっこう貰っていると言う。

「足りなければ、こっそり帳場から抜き取るわよ」

「駄目だよ。お鈴ちゃん、そんなこと、ばれたらもう、ここへ来られなくなる。もう少し控えたほうがいい」

そう言うと、すねるところがまた可愛いのだ。

夏に縁談が三つあって、三つとも壊れたそうだ。

「あたしを断るような男は婿《むこ》にしたくない。仙さんに婿になってほしい」

馬鹿なことを言う。茶屋勤めの色子が堅気の店の婿になんかなれるもんか。

ちょうどその頃、三つ下の初々しい小僧っ子が若竹屋の見習いになり、桐之介《きりのすけ》の名を付けられた。やはり菊三郎のいた芝居小屋から竹五郎が引き抜いてきたのだ。

「おいら、芝居も好きだが、女も好き。男はあんまり好きになれそうにないので、陰間茶屋でなくてよかった。兄貴たち、よろしく頼むよ」

桐之介はうれしそうに笑っていたが、十四でまだ女を知らないようだ。

その桐之介の最初の相手が化け物女だったのだ。横柄で傲慢で威張り散らして店に入ってきたのを竹五郎が恭《うやうや》しく迎え入れた。色子茶屋ではいろんな女の相手をしなければならない。中にはひどい女もいる。だが、あんなおぞましい化け物女は初めて見た。背丈は並みの男ぐらいで、横幅は相撲の力士ほどありそうだ。顔は獰猛な猪《いのしし》を思わせる。

外見以上に性質が醜悪だった。陰湿で残忍で狂暴なのだ。歳はよくわからない。獣に人の年齢は通用しない。若くないことは確かで、四十から五十の間だろうか。仙之丞はそれ以後、その化け物を猪婆と呼ぶことにしている。

「奥方様には初物がよろしゅうございましょう。七十五日長生きできますぞ」

竹五郎が奥方様と呼んだ。ということは猪婆の亭主は旗本か大名に違いない。だから、常にお供がついている。これが狐《きつね》のような面《つら》で並みの男より背が高く、腰に大小を差して、まるで警護の侍のように見えるが、女なのだ。狐女は若衆とは遊ばず、座敷の次の間に控えている。竹五郎が恭しく揉み手をして、猪婆の座敷に桐之介を送り込んだ。

若竹屋を揺るがすほどの大きな悲鳴が座敷から響き渡った。何事かと思って、色子や奉公人が座敷に駆けつけたが、狐女が立ちはだかって、中には入れなかった。

翌朝、猪婆と狐女が立ち去ったあと、座敷で桐之介が死んでいた。一糸まとわぬ姿で首を吊っていたが、全身が痣《あざ》と切り傷で血まみれになっていた。ああ、思い出すのもぞっとする。桐之介のまだ幼い男の一物が無残だった。それを見て、気丈な菊三郎が吐きながら泣いていた。

　町方の取り調べは形ばかりで、竹五郎にはお咎めもなく、猪婆のことは不問にされた。桐之介は世にも恐ろしい辱めを受けて、野獣に手込めにされた生娘のごとく、自ら命を絶ったのだ。町奉行所はまったく追及しなかった。

　毎回、お鈴との逢瀬を楽しみにしていた仙之丞に禍《わざわい》がふりかかったのはそれから間もなくであった。

　猪婆が売れっ子の仙之丞を指名したのだ。これほどの地獄があるだろうか。仙之丞は化け物のような獣に犯され、痛めつけられ、朝になっても起き上がれなかった。よくやってくれたと竹五郎は仙之丞を褒めた。これからは、おまえが奥方様の相手になるがいい。

　死にたいと思ったが、死ねば愛しいお鈴に会えなくなる。そう思って我慢した。

　よほど金と暇があるのか、猪婆は頻繁に若竹屋にやってくるので、もう我慢しきれない。仙之丞は竹五郎に泣きついた。どうか、勘弁してください。

「馬鹿言うな。あのお方をどなたと心得る。お大名の奥方様だぞ。おまえごときが客を選べる身分か」

逆に殴られただけだった。

もうこんなところにはいられない。芳町は吉原のように濠で囲われているわけでもなく、陰間も色子も自由に外の通りを歩ける。逃げ出そう。

そう思って人形町の通りまで出ると、四十がらみの女に声をかけられた。

「千ちゃんじゃないかい」

なかなか思い出せなかったが、親父の弔いのときに来てくれたおふくろの知り合いのおばさんだ。

「あ、あのときの」

「やっぱり千ちゃんだね。大きくなったねえ。でも顔は昔とちっとも変わってないからすぐにわかったわ。今、どうしてるの」

「芳町の茶屋にいます」

女は仙之丞をじろっと見て、うなずいた。

「ああ、それで、身なりがいいのね。ここで会ったのも神様のお引き合わせかしら。ついこの間、あたし、お仙さん、あんたのおっかさんに会ったのよ」

「え、おふくろに」

「あたし、今、本所のほうにいるんだけど、道でばったり。驚いたわ」

「おふくろ、吉原をやめて本所にいるんですか」

「ええ、そうなの」

「元気なんですか」

「まあ、元気そうに見えたわ」

「おふくろ、どうしてるんです」

「あんた、今、芳町にいるって言ったわね。派手な着物着て、それって陰間茶屋」

「はい、色子茶屋の若竹屋です」

「そう。お仙さんは吉原で売れっ子だったみたいだけど、今は吉田町にいるんですって」

「吉田町ですか」

女はちょっと考えたあげく、思い切って言う。

「あんたにこんなこと言うのはなんだけど、お仙さん、今は苦労してるのよ。夜鷹しながら」

「えっ」

おふくろが夜鷹をしている。吉原の花魁も夜鷹も体を売るのは同じだが、随分と格は下がる。仙之丞はすぐにも会いたくなった。考えたら、自分も色子商売、似たようなもんだが、苦労しているのなら、おふくろを楽にしてやりたい。

「おばさん、おふくろの住まい、知ってたら教えてください」

「たしか、吉田町の瀬戸物長屋と言ってたわ」

すぐにでも行きたい。もう芳町に未練はない。

そこへ通りの向こうから竹五郎の手下がやってきた。番頭の辰三《たつぞう》だ。

「おう、仙の字、こんなところでなにしてんだい。親方が探してるよ」

「あ、いや、ちょいと気晴らしに」

「さ、店へ戻ろうぜ」

やはり逃げ出せないように見張りがいた。仙之丞は女に言う。

「おばさん、おふくろに会ったら、俺が芳町にいること、伝えといておくんなさい。若竹屋ですよ」

「いいわよ。じゃ、千ちゃん、元気でね」

おふくろが生きている。夜鷹をしていても、元気ならうれしい。

その日、お鈴が客でやってきたので、吉田町の瀬戸物長屋にいるおふくろのことを伝えた。

「あたし、仙さんのおっかさんに会ってみたい」

「なに言うんだ。おふくろ、夜鷹なんだぜ。堅気のおまえが会いに行ったりはできないよ」

「ううん、会いたい。仙さん、子供のとき別れたきり、会ってないんでしょ。おっかさんだって、きっと会いたがっているわよ。あたしが吉田町まで行って、おっかさんに仙さんのこと伝えるわ」

　それからしばらくして、お鈴がやってきて、うれしそうに言う。

「仙さんのおっかさん、いい人ねえ。あたし、仲良くなっちゃった」

「ほんとかい」

「うん、仙さんに似て、きれいな人よ」

「俺はおふくろの顔、思い出せないんだ」

「会えばいいじゃない。おっかさんも会いたがってたわ」

「俺、こんな商売してるんだ。会わせる顔がないなあ」

「なに言ってるのよ。仙さんがこんな商売だったからこそ、あたし、仙さんに会えたのよ」

　うれしいことを言ってくれる。お鈴はときどきお仙に会い、まだ見ぬおふくろとの間を行き来して、仙之丞の思いを伝えてくれた。

だが、たびたび若竹屋にやってくる猪婆に責められるのは、苦しかった。お鈴が来るたびに化け物女の悪口を言って、憂さ晴らしをした。

「ねえ、仙さん。早く、こんな店やめて、あたしとお仙さんと三人で暮らしたいわ。おっかさんの名前がお仙さんで、あんたの名前が仙之丞。うまいこと名づけたわね」

「言っとくが、俺のほんとうの名前、仙之丞じゃなくて、千太郎だよ」

「そうだったわね、仙さん」

その後、お鈴は師走に堀江町の家を出てお仙と同居するまでになった。

お鈴と仙之丞の仲は若竹屋のみんなに知れ渡っている。悪いことに、それが猪婆の耳に入った。

「仙之丞、わらわより好いた女子がおるそうじゃのう」

猪婆に睨みつけられ、仙之丞は震え上がった。

「なにを仰せられます、奥方様。わたくしは奥方様だけが大切でございます」

「それはまことか」

「ははあ」

畳に額をこすりつける仙之丞の頭を奥方はぎゅっと踏みつけた。

「色子は役者あがりが多いそうじゃ。そなたも芝居がうまいのう」

「いえ、滅相もない。わたくしは奥方様だけ、一筋でございます」

奥方は仙之丞をぐっと抱きしめる。

「愛《う》いやつじゃ。わらわを虜《とりこ》にしおって、憎いぞ」

「奥方様」

「わらわを奥方様と呼ぶな」

「なんとお呼びすれば」

「鶴と呼ぶのじゃ」

「お鶴様」

「それでよい。そなたに、この鶴よりも大切にする女子がおれば憑《と》り殺すぞよ」

ほんとうに殺しかねない。

「お鶴様、悋気《りんき》はおやめくださいませ。わたくしもまた、お殿様に悋気いたします」

思わず口に出た。

「なに、そなたがわが殿に悋気いたすと。笑止千万」

「お殿様のお名前がわかれば、呪い殺したいほどでございます」

「まことか。わが君は元寺社奉行、斉木伊勢守であるぞ。寺社奉行を呪えば、神仏の天罰が下るであろう」

そのとき、次の間の唐紙がさっと開いて、狐女が顔を出した。

「奥方様、滅多なことを申されますな」

「よい、よい。楓《かえで》、そちもいっしょに戯《たわむ》れるか」

「いいえ、遠慮いたします。どうぞごゆるりと」

猪婆の名前がお鶴、亭主の大名が斉木伊勢守。そんな名前なんか聞かなければよかったと思う。それが、せっかく消息のわかったおふくろの命を縮めることになったのだ。

お鈴が最後に若竹屋に来たとき、猪婆のお鶴に責められて傷だらけになった仙之丞を見て涙ぐみ、優しく介抱してくれた。そのとき言ってしまった。

「俺をこんな目にあわせやがったあの猪婆と亭主の名前がわかったよ。驚いたことに亭主は大名だぜ。しかも前《さき》の寺社奉行、斉木伊勢守様だとよ」

「まあ、なんてこと」

「猪婆の名前がお鶴だとよ。これぱっかりは笑いをこらえるのに苦労した」

お鈴はおそらく、おふくろに伝えたのだ。仙之丞をいたぶる猪婆の正体を。仙之丞は兄貴分の菊三郎にも猪婆と亭主の殿様の名を教えた。

「わあ、だめだよ、仙ちゃん。俺、聞かなきゃよかった。あの猪がお鶴ってのは笑えるが、命がいくつあっても足りないぜ」

「ほんとかい」

ほんとうだった。今月に入って采女ヶ原でおふくろが殺された。化け物女の仕業だとすれば、お鈴も危ない。

菊三郎に言うと、親に手紙を書いてくれた。東両国の見世物小屋が菊三郎の親の家で、そこなら匿ってもらえるからと。

仙之丞は竹五郎の手下たちに見つからないように若竹屋を脱け出し、今、ここに潜伏しているのだ。

二

江戸城本丸の老中御用部屋で、今日もまた松平若狭介は八つを過ぎても御用箱の中の書類を整理していた。

茶坊主の春斎はそっと近寄り、茶を捧げる。

「若狭介様、お茶はいかがでございましょう」

「うん、春斎か。すまぬ」

「八つの太鼓は過ぎましたが、いつもながらご熱心でございますなあ」

「いや、そういうわけでもない。わしはどうも、やることが遅うてのう」

またまたご謙遜をと内心、春斎は思う。

「ときに春斎、あのお方のこと、以前聞かせてくれたのう。ええっと、あの」

「どなたでございましょう」

「ほれ、昨年まで寺社奉行をなされていた」

春斎は即座に思い浮かべる。

「斉木伊勢守様でございましょうか」

「おお、そうじゃ、そうじゃ」

「伊勢守様がなにか」

「一昨年、わしが能登守様の推挙で老中になった折、寺社奉行をされていた伊勢守殿もまた、老中を望んでおられたと、そのほう、申したではないか」

「はて」

春斎はとぼける。

「昨年の春頃、わしが若気の至りの若狭殿と他の方々より揶揄されていたこと、存じておろう」

「うーん、そのようなことが」

「わしが御用部屋の協議の場で、ずけずけとものを言い過ぎるので疎《うと》んじられているのと教えてくれたではないか」

「さあ」

さらにとぼける春斎。

「能登守様が大奥より後押しされた伊勢守殿を嫌うておられ、先手を打ってわしを推挙なされたと」

春斎はこくりとうなずく。

「そのことでございましたか。たしかに能登守様は伊勢守様と犬猿の仲。それはよく知られております。ですが、若狭介様がご老中になられましたのは、譜代で松平の名門、またお国元でのご善政、飢饉の折のご実績、それらを能登守様がお認めなされ、ご推挙なされたのでございます」

「わしも最初はそう思っておったが。ふふ、まさか伊勢守殿を退けるための方便であったとは」

春斎は大きく首を横に振る。

「なにをおっしゃいますやら。若狭介様は公儀のお役目にふさわしいお方と、わたくし、心得まする」

「さようか。ひとつ違えば、わしではなく、伊勢守殿が老中に選ばれておったかもしれぬのう」

「そのようなことにならず、わたくし、安堵しております。誠実で気骨のあるお人柄、清廉潔白、謹厳実直、公正無私、ご老中として、これに勝る資質はございませぬ」

あざとい世辞《せじ》に思わず笑う若狭介。

「はっはっは。もしも、伊勢守殿が老中になっていれば、そのほう、同じ世辞を伊勢守殿に申すであろう」

「滅相もない」

「伊勢守殿がどのようなお方か、そのほう存じておるか」

小首を傾げる春斎。

「さようでございますなあ。あのお方がご老中にならず、よかったとの思し召しは能登守様だけではありますまい」

「ほう」

「わたくし、茶坊主でございますので、世辞と噂は世過ぎと思うておりまする」

「ふふ、よいから、存じおることを申せ」

「はは。伊勢守様は越後岩田藩《えちごいわた》六万石の御領主さまで、お屋敷は呉服橋御門《ごふくばしごもん》内、昨年寺社奉行をおやめになりましたが、寺社奉行の前は奏者番《そうしゃばん》をお務めでした」

「うむ、奏者番か」

「奏者番から寺社奉行ならば、次にご老中になられてもおかしくはございませぬ」

「そのようじゃな。わしは奏者番にも寺社奉行にもなっておらぬのに、老中に選ばれたが」

「それこそ異例のご出世。名門であらせられ、ご善政が認められ、誠実で気骨のあるお人柄が」

「わしへの世辞はもうよい。伊勢守殿の噂を聞かせてくれぬか」

「昨年、寺社奉行を辞任なされました、というよりは御役御免でございまして、大奥御用達《ごようたし》の商人より賂を受け取り優遇しておられたとのこと。その山城屋が悪事露見で処罰されまして」

「そうじゃ。獄門であった」

山城屋は老中の協議で獄門が承認された。

「つながりのあった商人が獄門となっては、進退ままならず、役職は退かれましたが、御家は廃絶されたわけではなく、お世継ぎはおられますが、実は一度は隠居となったものをすぐに撤回し、強引に居座ったため、まだ隠居はなされておられませんな」

「六万石の藩を潰せば、多くの家臣が浪人となって路頭に迷う。それゆえ、廃絶は免れたが、隠居もなさらぬとは、おいくつになられるのか」

「還暦は近いようですが、なかなかお元気。いつ、幕閣に返り咲くかと、周囲ははらはらしております」

「というと」

「奏者番をなされていたときも、寺社奉行のときも、われわれ同朋仲間の間で、あまり評判がよろしくなく。お大名ともなれば、人を見下し、偉そうに威張り散らすお方はいくらでもおられます。伊勢守様はまず、目上の方には卑屈なほど擦り寄り、幇間のごとく愛想を振りまかれます。それゆえ受けがよろしい。が、目下と思えば、手厳しい扱いをなされます。そういうお方はけっこうおられますが、ことに伊勢守様は上下の差が激しゅうございます。大奥御年寄をなされていた滝路《たきじ》様にはたびたび進物を贈り、犬が尻尾を振るごとく愛想を振りまいておられたというのに、滝路様がお役を退《しりぞ》かれてからは、掌《てのひら》を返すように知らぬ顔の半兵衛《はんべえ》。伊勢守様のご家来衆はみなみなお気の毒。些細なことで罵られ、打擲《ちょうちゃく》されるは茶飯事、表には出ませぬが気に入らぬと御手討ちさえあるそうで」

「まことか」

「噂でございます。飢饉の際はどちらのお国元も民百姓が疲弊いたします。岩田藩はどこよりも年貢《ねんぐ》が厳しく、民の困窮は甚《はなは》だしく、陳情の百姓が見せしめのため、ご城下で家族もろとも打ち首になったとの噂さえございます」

若狭介は顔をしかめる。

「民百姓は国の宝である。それを見せしめのため家族もろとも首をはねるとは」

「悪い噂で、どこまでほんとうかわかりませぬが、そんな噂が出てもおかしくないお方、そのような方が幕閣の上位に立てば、多くの民が苦労いたします」

「能登守様がわしを推挙してくだされたのは、理由はともかく、天下にとって、よかったかもしれぬ」

「さようでございますとも。能登守様は伊勢守様とは犬猿の仲。と申しますのも、以前、能登守様がまだお役に就いておられぬ時、登城の折に伊勢守様の行列とかち合い、道を譲るの譲らぬのと、揉めたことがございまして」

「そのようなことがあったのか」

「能登守様のほうが一足先んじておられたのを、あとから来た伊勢守様の行列が無理に追い越そうといたしまして、供侍や六尺の争いとなり、ご自分が目上だと主張なされた伊勢守様の行列が能登守様の行列を蹴散らしまして」

「伊勢守殿は能登守様よりご身分が上なのか」

「いえ、似たようなもの。どちらが上でも下でもなく、お歳だけは伊勢守様がほんの少し上でございますが、以来、能登守様は伊勢守様を嫌っておられます。昨年の伊勢守様御役御免で、能登守様はさぞや溜飲をさげられたことでありましょう」

たしかにそうであった。評定《ひょうじょう》の場で、能登守はうれしそうにしていた。

「伊勢守殿は御役御免でありながら、隠居なさらぬとはのう」

「なかなかしぶといお方で、また、ご老中職を狙っておられるかもしれませぬ」

驚く若狭介。

「まさか、いったん不正で御役御免になっておきながら」

「このようなこと、申し上げてはなんですが、ご老中のおひとり宍倉大炊頭《ししくらおおいのかみ》様は七十を過ぎたご高齢。そろそろご隠居かもしれず、その後釜を狙っておられるような」

「ふうん、自信満々じゃのう」

「伊勢守様の奥方様のご実家、上泉家は三河以来の名家で、ご当主の周防守様は無役なれど、上様とごく親しいとか」

「なに」

「周防守様のご息女の鶴姫様が伊勢守様の奥方様でございます。昨年の山城屋にかかわる不正、しかも偽祈禱師を僧正に推挙なされておられたとか。それ以前にもいろいろと悪い噂もございますが、奥方のお父上、周防守様が上様に声をかけ、うやむやになっているのではと、これもまた、あくまでも風の噂でございますが」

「伊勢守殿の奥方はどのようなお方なのじゃ」

「さあ、お大名の奥向きなど、われわれには及びもつきませぬ。ですが、高い年貢や商人からの賂は、台所に消えているとか」

「老中になったところで、格別に台所が潤うわけでもあるまいに」

「若狭介様のような清廉なお方でなければ、われわれも困ります。能登守様が目を光らせておられれば、滅多なこともございますまい」

老中首座の牧村能登守のことを内心、古狸《ふるだぬき》と思っていた若狭介だが、少しは見直す気になった。

「みんな、ご苦労だね」

亀屋の二階には長屋の面々が顔を揃えており、上座の勘兵衛の横に井筒屋作左衛門がにこやかに座っている。

「井筒屋さんにお越し願ったのは、お殿様からの次のお指図が出たからだよ」

「わあ、待ってました」

半次がうれしそうに声をあげ、他のみんなもうれしそうである。

「では、井筒屋さん。おっしゃっていただけますか」

「はい。この前、采女ヶ原の夜鷹殺しについて、お殿様より詳しく調べるようにとのお指図でしたが、みなさんのお働きでいろいろとわかったことをご家老を通じてお伝えしました。お殿様は大層喜ばれたとのことで、再びご家老よりご伝言をいただきましたので、お伝えいたします」

一同、襟《えり》を正してかしこまる。

「えへん。殺された夜鷹の素性がわかったが、斉木伊勢守の奥方お鶴の乱行とかかわりがあるかどうか、さらに斉木伊勢守になんらかの落ち度や不始末があれば、それも探るように。いかがでしょうかな」

勘兵衛は頭を下げる。

「井筒屋さん、ありがとうございます。その後にわかったこともありますので、みんなの調べたことも出し合って、今後の取り組みを相談したいと思います。まず、殺された夜鷹のお仙と伊勢守の奥方を結ぶ糸ですが、芳町の色子茶屋に鍵があることがわかっています。そうだね、お京さん」

「はい」

　お京がうなずく。

「あたしから申します。奥方は色子茶屋の若竹屋で色子を弄んでおりましたが、ひとりの色子が奥方の残忍な仕打ちで命を失い、それでも奥方は懲りずに次の色子に手を出して、さらに乱行が続きました。死んだ色子が桐之介、次にさんざん嬲《なぶ》られたのが仙之丞。夜鷹のお仙が殺されて間もなく、仙之丞は色子茶屋から姿を消しました」

「お京さん、仙之丞と殺されたお仙のつながりがわかったんだね」

「はい、ふたりは親子と思われます」

「ほう」

　一同から声があがる。

「若竹屋の若衆頭の菊三郎は仙之丞と親しく、仙之丞が生き別れの母親と巡り会った話を聞かされたとのこと。仙之丞は身分を笠に自分を責め苛《さいな》む客が斉木伊勢守の奥方と知り、それが母親のお仙に伝わったものと思われます。その直後にお仙が斬殺され、仙之丞は行方をくらましました。菊三郎は奥方の正体だけは知りたくなかったと申します。そんな危ないこと、知っただけで命がいくつあっても足りないと」

「つまり、夜鷹のお仙は色子茶屋でせがれを弄ぶ女が斉木伊勢守の奥方と知ったために無残な殺され方をしたと」

「皮一枚残しての胴斬り、あまりにおぞましい殺し方です。色子茶屋でまだ幼さの残る見習いの色子を嬲り殺した奥方ならではの所業かと」

「仙之丞はどうやって母親のお仙に残虐な奥方の正体を伝えたんだろう。それこそ、危ないと思うが」

「そこに仙之丞とお仙をつなぐ鍵があったのです」

「お京さん、その鍵については、あたしから言いましょう」

徳次郎が言った。

「お願いするわ、徳さん」

「はい、その鍵に行きついたきっかけは熊さんの話からです」

「えっ、あたしの」

熊吉は驚く。

「うん、熊さん、言っただろ。おまえさんが箸を納めている堀江町の荒物屋の娘のお鈴、お仙の長屋に師走から同居しているお鈴と、名前もいっしょ、歳もいっしょ、どちらも別嬪、ならひょっとして同じお鈴かもしれないと」

101-8405

書籍のご注文は84円
アンケートのみは63円
切手を貼ってください

東京都千代田区神田三崎町2-18-11

二見書房・時代小説係 行

ご住所 〒
TEL　　-　　-　　Eメール
フリガナ
お名前　　(年令　　才)

※誤送を防止するためアパート・マンション名は詳しくご記入ください。

24.2

愛読者アンケート

1 お買い上げタイトル
(　　　　　　　　　　　　　　　　　　　　　　　　　　)

2 お買い求めの動機は？（複数回答可）
□ この著者のファンだった　□ 内容が面白そうだった
□ タイトルがよかった　□ 装丁（イラスト）がよかった
□ 広告を見た　　（新聞、雑誌名：　　　　　　　　　）
□ 紹介記事を見た（新聞、雑誌名：　　　　　　　　　）
□ 書店の店頭で　（書店名：　　　　　　　　　　　　）

3 ご職業
□ 会社員 □ 公務員 □ 学生 □ 主婦
□ 自由業 □ フリーター □ 無職 □ ご隠居
□ その他（　　　　　　　　　　　　）

4 この本に対する評価は？
内容：□ 満足 □ やや満足 □ 普通 □ やや不満 □ 不満
定価：□ 満足 □ やや満足 □ 普通 □ やや不満 □ 不満
装丁：□ 満足 □ やや満足 □ 普通 □ やや不満 □ 不満

5 どんなジャンルの小説が読みたいですか？（複数回答可）
□ 江戸市井もの □ 同心もの □ 剣豪もの □ 人情もの
□ 捕物 □ 股旅もの □ 幕末もの □ 伝奇もの
□ その他（　　　　　　　　）

6 好きな作家は？（複数回答・他社作家回答可）
(　　　　　　　　　　　　　　　　　　　　　　　　　　)

7 時代小説文庫、本書の著者、当社に対するご意見、
ご感想、メッセージなどをお書きください。

二見書房 公式HP

ご協力ありがとうございました

↓ この線で切

①閻魔の女房 ②過去からの密命 ③挑まれた戦い ④目眩み万両
⑤もたれ攻め ⑥命の代償 ⑦影武者捜し ⑧天女と夜叉
⑨火焔の啖呵 ⑩青二才の意地

喜安 幸夫（きやす・ゆきお）

はぐれ同心 闇裁きシリーズ

①龍之助江戸草紙 ②隠れ刃 ③因果の棺桶
④老中の迷走 ⑤斬り込み ⑥槍突き無宿
⑦口封じ ⑧強請の代償 ⑨追われ者
⑩さむらい博徒 ⑪許せぬ所業 ⑫最後の戦い

隠居右善 江戸を走るシリーズ

①つけ狙う女 ②妖かしの娘 ③騒ぎ屋始末
④女鍼師 竜尾 ⑤秘めた企み ⑥お玉ケ池の仇

倉阪 鬼一郎（くらさか・きいちろう）

小料理のどか屋 人情帖シリーズ

①人生の一椀 ②倖せの一膳 ③結び豆腐 ④手毬寿司
⑤雪花菜飯 ⑥面影汁 ⑦命のたれ ⑧夢のれん
⑨味の船 ⑩希望粥 ⑪心あかり ⑫江戸は負けず
⑬ほっこり宿 ⑭江戸前祝い膳 ⑮ここで生きる ⑯天保つむぎ糸
⑰ほまれの指 ⑱走れ、千吉 ⑲京なさけ ⑳きずな酒
㉑あっぱれ街道 ㉒江戸ねこ日和 ㉓兄さんの味 ㉔風は西から
㉕千吉の初恋 ㉖親子の十手 ㉗十五の花板 ㉘風の二代目

→ この線で切り取ってください

①太閤の野望 ②盗人の仇討ち ③独眼竜を継ぐ者

幡 大介（ばん・だいすけ）

天下御免の信十郎シリーズ

①快刀乱麻 ②獅子奮迅 ③刀光剣影 ④豪刀一閃
⑤神算鬼謀 ⑥斬刃乱舞 ⑦空城騒然 ⑧疾風怒濤
⑨駿河騒乱

聖 龍人（ひじり・りゅうと）

夜逃げ若殿 捕物噺シリーズ

①夢千両すご腕始末 ②夢の手ほどき ③姫さま同心 ④妖かし始末
⑤姫は看板娘 ⑥贋若殿の怪 ⑦花瓶の仇討ち ⑧お化け指南
⑨笑う永代橋 ⑩悪魔の囁き ⑪牝狐の夏 ⑫提灯殺人事件
⑬華厳の刃 ⑭大泥棒の女 ⑮見えぬ敵 ⑯踊る千両桜

氷月 葵（ひづき・あおい）

神田のっぴき横丁シリーズ

①殿様の家出 ②慕われ奉行 ③笑う反骨 ④不屈の代人
⑤名門斬り ⑥はぐれ同心の意地

婿殿は山同心シリーズ

①世直し隠し剣 ②首吊り志願 ③けんか大名

公事宿 裏始末シリーズ

①火車廻る ②気炎立つ ③濡れ衣奉行 ④孤月の剣
⑤追っ手討ち

御庭番の二代目シリーズ

↑ この線で切

ってください

①将軍の跡継ぎ ②藩主の乱 ③上様の笠 ④首狙い
⑤老中の深謀 ⑥御落胤の槍 ⑦新しき将軍 ⑧十万石の新大名
⑨上に立つ者 ⑩上様の大英断 ⑪武士の一念 ⑫上意返し
⑬謀略の兆し ⑭裏仕掛け ⑮秘された布石 ⑯幻の将軍
⑰お世継ぎの座 ⑱刃の真相

藤木 桂（ふじき・かつら）

本丸 目付部屋シリーズ

①権威に媚びぬ十人 ②江戸城炎上 ③老中の矜持 ④遠国御用
⑤建白書 ⑥新任目付 ⑦武家の相続 ⑧幕臣の監察
⑨千石の誇り ⑩功罪の籤 ⑪幕臣の湯屋 ⑫武士の情け
⑬下座見の子 ⑭書院番組頭

藤 水名子（ふじ・みなこ）

古来稀なる大目付シリーズ

①まむしの末裔 ②偽りの貌 ③たわけ大名 ④行者と姫君
⑤猟鷹の眼 ⑥知られざる敵 ⑦公方天誅 ⑧伊賀者始末
⑨無敵の別式女 ⑩第二のお庭番

与力・仏の重蔵シリーズ

①情けの剣 ②密偵がいる ③奉行闇討ち
④修羅の剣 ⑤鬼神の微笑

隠密奉行 柘植長門守シリーズ

①松平定信の懐刀 ②将軍家の姫 ③大老の刺客 ④薬込役の刃
⑤藩主謀殺

㉑月影に消ゆ ㉒陽炎剣秘録 ㉓雪の別れ

北風侍 寒九郎シリーズ

①津軽宿命剣 ②秘剣枯れ葉返し ③北帰行 ④北の邪宗門
⑤木霊燃ゆ ⑥狼神の森 ⑦江戸の旋風 ⑧秋しぐれ

森 真沙子（もり・まさこ）

日本橋物語シリーズ

①蜻蛉屋お瑛 ②迷い蛍 ③まどい花 ④秘め事
⑤旅立ちの鐘 ⑥子別れ ⑦やらずの雨 ⑧お日柄もよく
⑨桜追い人 ⑩冬螢

箱館奉行所始末シリーズ

①異人館の犯罪 ②小出大和守の秘命 ③密命狩り
④幕命奉らず ⑤海峡炎ゆ

時雨橋あじさい亭シリーズ

①千葉道場の鬼鉄 ②花と乱 ③朝敵まかり通る

柳橋ものがたりシリーズ

①船宿『篠屋』の綾 ②ちぎれ雲 ③渡りきれぬ橋 ④送り舟
⑤影燈籠 ⑥しぐれ迷い橋 ⑦春告げ鳥 ⑧夜明けの舟唄
⑨満天の星 ⑩幻燈おんな草紙

和久田 正明（わくだ・まさあき）

地獄耳シリーズ

①奥祐筆秘聞 ②金座の紅 ③隠密秘録 ④お耳狩り
⑤御金蔵破り

← この線で切り取ってください

取ってください

↓ この線で切

牧 秀彦（まき・ひでひこ）

①獅子の目覚め ②紅の刺客 ③消えた御世嗣 ④虎狼の企み

①怪盗 黒猫 ②妖刀 狐火 ③女郎蜘蛛 ④空飛ぶ黄金

北町の爺様シリーズ

①隠密廻同心 ②老同心の熱血 ③友情違えまじ ④老いても現役

十手婆 文句あるかいシリーズ

①火焔太鼓 ②お狐奉公 ③破れ傘

南町番外同心シリーズ

①名無しの手練 ②八丁堀の若様 ③清水家 影指南 ④幻の御世継ぎ

八丁堀 裏十手シリーズ

①間借り隠居 ②お助け人情剣 ③剣客の情け ④白頭の虎 ⑤哀しき刺客 ⑥新たな仲間 ⑦魔剣供養 ⑧荒波越えて

評定所留役 秘録シリーズ

①父鷹子鷹 ②掌中の珠 ③天領の夏蚕 ④火の車 ⑤鷹は死なず

森 詠（もり・えい）

会津武士道シリーズ

①ならぬことはならぬものです ②父、密命に死す ③隠し剣 御留流 ④必殺の刻 ⑤江戸の迷宮 ⑥闇を斬る ⑦用心棒稼業

剣客相談人シリーズ

①長屋の殿様 文史郎 ②狐憑きの女 ③赤い風花 ④乱れ髪 残心剣 ⑤剣鬼往来 ⑥夜の武士 ⑦笑う傀儡 ⑧七人の刺客 ⑨必殺、十文字剣 ⑩用心棒始末 ⑪疾れ、影法師 ⑫必殺迷宮剣 ⑬賞金首始末 ⑭秘太刀 葛の葉 ⑮残月殺法剣 ⑯風の剣士 ⑰刺客見習い ⑱秘剣 虎の尾 ⑲暗闇剣 白鷺 ⑳恩讐街道

↑ のりしろ ↓

↑ この線で切

安心の直送（冊子小包ほか）が便利です！

全国各地の書店にて販売しておりますが、品切れの際はこの封筒をご利用ください。

- ●お求めのタイトルを○で囲んでお送りください。代金は商品発送時に請求書を同封いたしますので、専用の振込み用紙にて商品到着後、一週間以内にお支払いください。なお、送料は1冊215円、2冊310円、4冊まで360円。5冊以上は送料・無料サービスいたします。尚、離島・一部地域は追加送料がかかる場合がございます。 ***この中に現金は同封しないでください**
- ●当社規定により先払いとなる場合がございます。商品の特性上、不良品以外の返品・交換には応じかねます。ご了承ください。
- ●お買いあげになった商品のアンケートだけでもけっこうですので、切り離してお送りいただければ幸いです。ぜひとも御協力をお願いいたします。
- ●当社では、個人情報の紛失、破壊、改ざん、漏洩の防止のため、細心の注意をもっており、個人情報は外部からアクセスできないよう適切に保管しています。

＊書名に○印をつけてご注文ください。

面のキリトリ線で切断して投函してください。

書籍をご注文の場合は84円切手。アンケートのみの場合は、63円切手を貼り…

…の手練
…命 ②ご道理ならず ③福を運びし鬼 ④公達の太刀
…シリーズ
…（いいち）
…日2/22]
…は鉄槌を食らわす。

浅黄 斑（あさぎ・まだら）
無茶の勘兵衛日月録シリーズ
①山峡の城 ②火蛾の舞 ③残月の剣 ④冥暗の辻
⑤刺客の爪 ⑥陰謀の径 ⑦報復の峠 ⑧惜別の蝶
⑨風雲の谺 ⑩流転の影 ⑪月下の蛇 ⑫秋蜩の宴
⑬幻惑の旗 ⑭蠱毒の針 ⑮妻敵の槍 ⑯川霧の巷
⑰玉響の譜 ⑱風花の露 ⑲天空の城 ⑳落暉の兆

麻倉 一矢（あさくら・かずや）
剣客大名 柳生俊平シリーズ
①将軍の影目付 ②赤鬚の乱 ③海賊大名 ④女弁慶
⑤象耳公方 ⑥御前試合 ⑦将軍の秘姫 ⑧抜け荷大名
⑨黄金の市 ⑩御三卿の乱 ⑪尾張の虎 ⑫百万石の賭け
⑬陰富大名 ⑭琉球の舞姫 ⑮愉悦の大橋 ⑯龍王の譜
⑰カピタンの銃 ⑱浮世絵の女 ⑲八咫烏の罠 ⑳将軍吉宗の大敵

飯島 一次（いいじま・かずつぐ）
小言又兵衛 天下無敵シリーズ
①血戦護持院ヶ原 ②将軍家の妖刀

井川 香四郎（いかわ・こうしろう）
ご隠居は福の神シリーズ
①ご隠居は福の神 ②幻の天女 ③いたち小僧 ④いのちの種
⑤狸穴の夢 ⑥砂上の将軍 ⑦狐の嫁入り ⑧赤ん坊地蔵
⑨どくろ夫婦 ⑩そこにある幸せ ⑪八卦良い ⑫罠には罠

伊丹 完（いたみ・かん）
大江戸秘密指令シリーズ
①隠密長屋の十人 ②景気回復大作戦 ③お殿様の出番 ④お化け退治

瓜生 颯太（うりゅう・そうた）
罷免家老 世直し帖シリーズ
①傘張り剣客 ②悪徳の栄華 ③亡骸は語る ④山神討ち
⑤極悪の秘宝 ⑥贋作の野望

大久保 智弘（おおくぼ・ともひろ）
天然流指南シリーズ
①竜神の髭 ②竜神の爪 ③あるがままに ④女人の秘事

沖田 正午（おきだ・しょうご）
大江戸けったい長屋シリーズ

好評既…

…（ひづき・あおい）
…同心の意地 神田のっぴき横丁6（23156）[発売日1/25]
…事件解決に「はぐれ同心」と意地で悪に立ち向かう…郎。町奴から追われた男を救うが……。

小杉健治（こすぎ・けんじ）
闇夜の烏 栄次郎江戸暦30（23157）[発売日1/25]
奉行所に脅迫状が届く。犠牲者を出さぬため栄次郎は南町同心の鏑木真一郎に力を貸すが……。

森 詠（もり・えい）
用心棒稼業 会津武士道7（23158）[発売日1/25]
素浪人となった龍之介は宿下がりのご隠居の用心棒となる。徘徊するご隠居の裏には何が!?

㉙若おかみの夏 ㉚新春新婚 ㉛江戸早指南 ㉜幸くらべ
㉝三代目誕生 ㉞料理春秋 ㉟潮来舟唄 ㊱祝い雛
㊲宿場だより ㊳味の道 ㊴越中なさけ節 ㊵勝負めし

小杉 健治（こすぎ・けんじ）
栄次郎江戸暦シリーズ
①浮世唄三味線侍 ②間合い ③見切り ④残心
⑤なみだ旅 ⑥春情の剣 ⑦神田川斬殺始末 ⑧明烏の女
⑨火盗改めの辻 ⑩大川端密会宿 ⑪秘剣 音無し ⑫永代橋哀歌
⑬老剣客 ⑭空蝉の刻 ⑮涙雨の刻 ⑯闇仕合〈上〉
⑰闇仕合〈下〉 ⑱微笑み返し ⑲影なき刺客 ⑳辻斬りの始末
㉑赤い布の盗賊 ㉒見えない敵 ㉓致命傷 ㉔帰って来た刺客
㉕口封じ ㉖幻の男 ㉗獄門首 ㉘殺し屋
㉙殺される理由 ㉚闇夜の烏

榊 一太郎（さかき・いちたろう）
徒目付暁純之介御用控シリーズ
①潔白の悪企み

高城 実枝子（たかぎ・みえこ）
浮世小路 父娘捕物帖シリーズ
①黄泉からの声 ②緋色のしごき ③髪結いの女

辻堂 魁（つじどう・かい）
花川戸町自身番日記シリーズ
①神の子 ②女房を娶らば

西川 司（にしかわ・つかさ）
深川の重蔵捕物控ゑシリーズ
①契りの十手 ②縁の十手 ③真実の欠片

早見 俊（はやみ・しゅん）
椿平九郎 留守居秘録シリーズ
①逆転！評定所 ②成敗！黄金の大黒 ③陰謀！無礼討ち ④疑惑！仇討ち本懐
⑤逃亡！真実一路 ⑥打倒！御家乗っ取り ⑦暴け！闇老中の陰謀 ⑧宿願！御家再興
⑨守れ！台所と無宿人 ⑩阻止せよ！悪の世直し

居眠り同心 影御用シリーズ
①源之助人助け帖 ②朝顔の姫 ③与力の娘 ④犬侍の嫁
⑤草笛が啼く ⑥同心の妹 ⑦殿さまの貌 ⑧信念の人
⑨惑いの剣 ⑩青嵐を斬る ⑪風神狩り ⑫嵐の予兆
⑬七福神斬り ⑭名門斬り ⑮闇の狐狩り ⑯悪手斬り
⑰無法許さじ ⑱十万石を蹴る ⑲闇への誘い ⑳流麗の刺客
㉑虚構斬り ㉒春風の軍師 ㉓炎剣が奔る ㉔野望の埋火〈上〉
㉕野望の埋火〈下〉 ㉖幻の赦免船 ㉗双面の旗本 ㉘逢魔の天狗
㉙正邪の武士道 ㉚恩讐の香炉

「うん」

「堀江町の佐野屋の娘お鈴が近頃姿を見せないとも言ったね」

「そうなんだよ」

「そこで堀江町の佐野屋の周りを探ったら、驚いたことに、佐野屋のお鈴、評判が悪くてね」

「え、そんなことないだろ。お鈴ちゃんは明るくて気立てがよくて」

「その通りだが、悪い噂というのが、男遊び」

「うっ、まさか」

絶句する熊吉。

「それもね、芳町の色子茶屋に入り浸って、相当の金を貢いでるっていうんだ」

「信じられない。あのお鈴ちゃんが」

「そこで、お京さんに若竹屋を調べてもらったら、仙之丞のもとに通う馴染みの町娘の名前がお鈴」

「ええっ」

お京が言う。

「悪いわね、熊さん。仙之丞とお鈴は店中が羨むような理《わり》ない仲で、仙之丞は商売抜きでお鈴にぞっこん。仙之丞から生き別れの母親の消息を知ったと聞かされたお鈴はとうとう家を出て、吉田町の瀬戸物長屋に住み込んだのよ」

「わああ、そんなこと」

熊吉はがっくりと落ち込む。

「わたしは思いますが」

勘兵衛が言う。

「お鈴は仙之丞とお仙をつないでいた。奥方の正体はお鈴がお仙に漏らしたんでしょう。それを聞いたお仙は、母親としてほっとけなくて、なにか動きを起こしたのかもしれません。お鈴と仙之丞はどちらも姿を消しています。生きているのか、死んでいるのか」

「ええっ、死んでるなんて」

普段おとなしい熊吉が声を出して嘆くのを勘兵衛が慰める。

「熊さん、まだ、そうと決まったわけではないよ」

「そうですよ。お鈴は長屋から姿を消しましたが、堀江町の家は娘が家出した後も、さほどあわてている様子はないので、ひょっとして、なにか知っているかもしれず、すこし張ってみますよ」

そう言ったのは弥太郎である。

「そうだね。弥太さん、動きがあれば、そこから娘の居所がわかるかもしれないし、お鈴や仙之丞が見つかれば、お仙殺しの詳細もわかるだろう。斉木伊勢守の奥方の乱行まではわかっているが、残忍な人殺しも奥方の指図だとすれば、これは大きな世直しにつながるだろう」

作左衛門も大きくうなずく。

「そこですよ、勘兵衛さん。もうひとつ、斉木伊勢守が奥方の悪事にどこまで加担しているかも探っていただきたいのです。伊勢守は岩田藩の藩主ですが、飢饉の際も高い年貢を取り立て、陳情の百姓を見せしめのため打ち首にしたという悪評もあります」

「許せん」

橘左内が低い声でつぶやく。

「殿は常に申されている。民を養うことこそ治国の基本であると。百姓を飢えさせ、首まではねる外道《げどう》に領主の資格などない」

「まったくその通りですよ、左内さん。ご家老からのお話では、昨年の山城屋の一件、多額の賄賂《わいろ》を受け取り、悪事に加担していたのに、御役御免になっただけで、大名風を吹かせ、性懲りもなく幕閣の席を狙っているとか。高い年貢を搾り取り、私利私欲のため悪商人と結託して、集めたその金を遣って、奥方は茶屋遊び。それだけでも許せません」

「井筒屋さん、伊勢守と奥方お鶴の悪事、われらでなんとか暴きます。そして、弱みをつかみ、破滅させてやりましょう」

「とは申せ、なにぶんにも伊勢守の奥方、上泉周防守様のご息女であり、周防守様は無役ながら上様とは大変親しい間柄」

「なるほど。奥方を甘やかしている父親が周防守、上様と昵懇《じっこん》で、娘はどんな悪事も平気というわけか。こんなこと許すと、ご政道にかかわりますね」

「あの」

「なんだい、お京さん」

「奥方お鶴は自分が疑われていることなんて知らず、また色子茶屋にのこのこ出てくるかもしれないわ。あたし、張り付いてみましょうか」

「そうだね。動かぬ証拠があれば、伊勢守の女房だろうと周防守の娘だろうと、追い詰められる」

「色子茶屋を仕切っている若竹屋竹五郎は、芝居町の顔役でならず者たちの頭目でもありますした」

「芝居を食いものにする野郎は、許せねえな」

半次が目を剝いたので、にやりとする玄斎。

「それにつきまして、わたしが瓦版屋の紅屋でちょいと、噂を仕入れてまいりました」

「先生、お聞かせください」

「竹五郎は五年前、芳町に色子茶屋の若竹屋を出しまして、その当時、評判になったそうです。以前にも堺町から芳町界隈には陰間茶屋が何軒もありましたが、どこも遊ぶ客は男と限られておりました。そこへ女の客を相手にする陰間茶屋を出しまして、名も色子茶屋とし、役者修業の若者と遊べるというので、人気が出まして、竹五郎は後に両隣にも同様の茶屋を出し、西隣が松風屋《まつかぜや》、東隣が梅花屋《ばいかや》で合わせて松竹梅の語呂合わせになっております」

「商売上手なんですな」

井筒屋が感心する。

「目のつけどころがよかったのでしょう。瓦版屋のネタにはなっておりませんが、竹五郎は元は中村座の大部屋役者、いい役もつかず、名題にもなれず、陰間茶屋でも働いており、ぐれて茶屋を飛び出し、喧嘩が強く男っぷりもよかったので、芝居小屋や芝居茶屋にたかるごろつきどもを手下にして、いい顔になりました」

「それで渡世人の真似事をしてやがるのか」

「若竹屋を開いたとき、その奥に、色子たちとは別に人相の悪い遊び人を集めているそうで、瓦版屋もそのあたりのことは、あまり言いたがりません。茶屋の色子は吉原の花魁のようなものですから、逃げ出さないように見張るのも、手下たちの役目なんでしょう。陰間あがりで、博徒の真似事をし、女相手の色子茶屋の主。歳は若竹屋開店のときに三十だったそうで、今は三十半ば。わたしの調べたところは、このくらいです」

「先生、いつもながら、戯作のネタになりそうですね」

「はい、竹五郎、叩けばほこりが出そうです」

勘兵衛は満足そうにうなずく。

「じゃ、話はこれぐらいにして、今日は井筒屋さんが伏見の樽をくださった」

「ええっ、ほんとですか」

「うん、話がすむまでお預けにして、悪かったね。おおい、久助」

「はあい」

下から久助が返事する。

「酒の用意、頼むよ」

「もうできてます。持って上がりますよ」

「あたし、手伝うわ」

お京がうれしそうに階段を下りる。

「じゃ、あたしも」

徳次郎が続く。

「徳さんは、いつでも別嬪に親切だなあ。色子茶屋で働けば」

「へんっ、よせやい」

下から徳次郎の声が聞こえた。

三

とんとんと戸を叩く音がし、千太郎は身構えた。

「仙さん」

その声は。

「お鈴ちゃんかい」

「仙さん、やっぱりここにいたのね」

「今、開けるよ」

閉まりを外して戸を開けると、お鈴が立っていた。

千太郎は素早く、お鈴を中に入れた。

「ああ、よかったわ」

「お鈴ちゃん、どうしてここが」

「今日、お店まで行ったら、菊さんが教えてくれたの。あんたが東両国のお化け屋敷に隠れているって」

「そうか。ここは菊兄さんの親の見世物小屋だ」

「わっ」

よく見ると、幽霊や化け物の衣装、小道具などが並んでいる。

「菊兄さんの親は見世物師なんだ」

「今日、若竹屋に行ったら、菊さんが客引きしてて、あたしを見てびっくりしたの。それで、仙さんはもう店にいなくてここにいるって、教えてくれて」

「よくわかったね」

「さんざん探したわよ。化け物屋敷はここだけだったのね」

「お化け屋敷は夏から開けるってんで、今は休業で閉まったまま。菊兄さんが手紙を書いてくれて、内緒で入れてもらった。しばらくの間、隠れるのにちょうどいい。お鈴ちゃん、だれにもつけられていないだろうね」

「大丈夫と思うけど」

「死ぬ前にお鈴ちゃんに会えてよかった」

「なに言ってるの。死ぬなんて」

「俺、この先、生きていてもなにもいいことないもの。せっかくおふくろの居場所がわかったのに、会えなかった」

「あたしのせいよ」

「そんなことない」

「あたしが、お仙さんに言ったからよ。猪婆が斉木伊勢守の奥方お鶴だって。そんなことが世間に知れたら、御家断絶になるわ。それを聞いて、お仙さん、あんたを苦界《くがい》から救い出すために、若竹屋に掛け合いに行ったのよ。あんたを働かせるのをやめさせようと。あんた、芝居小屋から若竹屋に売られて、給金なしだったんでしょ。その分の稼ぎだけは返してもらうって。だって、色子茶屋、女のお客さんから、どれだけ搾り取ってるか、知れやしないじゃない」

「おまえも、搾られた口だぜ」

「あたしはいいのよ。あんたが好きなんだもん」

「俺もおまえが好きだけど。やっぱりな」

千太郎は溜息をつく。

「竹五郎の野郎、おふくろを采女ヶ原に連れ出し、猪婆に知らせやがったにちがいない。とすると、おふくろを胴斬りにしたのは、あの狐女だ。いつも侍みたいに腰に大小差してやがる。猪婆を守るためにいつもいっしょにいるからな。見つかったら、俺たちも胴斬りだぜ」

「逃げましょ。いっしょによ」

「お鈴ちゃん、おまえ、おふくろの長屋にいたんだろ。おふくろが殺されたあと、どうしたんだ。おれ、おまえもいっしょに殺されてやしないかと思って、居ても立ってもいられなかった」

「あたしもよ。あんたが殺されてやしないか。それで、しばらくは怖くて、隠れていたの」

「どこに」

「千住のおばさんのところ。おっかさんの妹なの」

「じゃ、おまえのおっかさんは知ってるのかい。俺のこと」

「知ってるわよ。おとっつぁんは知らないけど」

「へえ」

「帳場からお金を抜いたのがばれて、おとっつぁん、かんかんだったわ」

「そりゃそうだろ」

「おとっつぁんと喧嘩して、家を飛び出して、行くところがなくて、お仙さんに言ったら、狭くて汚いけど、うちへ泊まっていけば。そう言ってくれて。狭いことは狭いけど、きれいに片付いていて。あたし、この歳になるまで働いたことなんてなかったわ。ひとり娘だから、そのうちお婿さんを貰うのかなあって、ずっと思ってた。大店のお嬢さんじゃないけど、何不自由なく生きてきて、お仙さんの苦労した話を聞いて、泣いちゃった」

「おふくろに泣かされたのかい」

「おとっつぁんには内緒で、おっかさんにはときどき相談してたの。おっかさん、小遣いくれたり、不自由じゃないかって、店の売り物の道具類、ときどき持たせてくれたり」

「おまえのおっかさん、いい人なんだな」

「それで、お仙さんが殺されて、あたし、着の身着のままで堀江町の家へ帰ったら、千住のおばさんのところへ身を隠せって。それでしばらく千住にいたの。でも、あんたのことが心配で、それで堀江町の家に寄って、おとっつぁんに内緒でおっかさんから小遣い貰って、芳町へ行ったのよ」

「危ないな。おふくろを死に追いやったのはあいつらだ。竹五郎が猪婆といっしょになって、釆女ヶ原で」

「ここだって、いつばれるかわからないわ。いっしょに逃げましょう。とりあえず千住のおばさんのところに」

「おまえはいいだろうけど、俺なんかがいっしょに行けるかい」

「いいのよ、仙さん。あたしのいい人。さ、行きましょう」

「まだ、外は明るいよ。だれに見られるかわからない。もう少し暗くなってから出よう。俺、荷物もなんにもないけど」

「あたしだって、そうよ」

すうっと戸が開いて、人相の悪い男たちが入ってくる。

「ああ、じれってえなあ。いつ濡れ場が始まるかと、ずっと待ってたんだぜ」

「あ、おまえは」

「仙公、こんなところに隠れやがって。親方はおかんむりだ。さんざん探したぜ」

　五人の男が千太郎とお鈴を取り囲む。竹五郎の子分のならず者たちだ。

「どうする気だ」

　千太郎は男たちを睨みつける。

「どうもしねえよ」

　頬に傷のある兄貴株がにやつく。

「大切な売り物に瑕《きず》はつけられねえ。仙公、喜びな。おめえ、奥方様に身請けされることになった」

「なんだと」

「これからは立派なお屋敷の奥座敷に囲われて、毎日可愛がってもらえばいいや。そもそも、なんで逃げ出すんだよ。俺はおめえが羨ましくてしょうがねえ。毎日毎晩、女といいことして、銭になるんだからなあ。俺たちゃ、自分から銭を出さなきゃ、夜鷹も抱けねえ」

「兄貴、あの夜鷹だけは銭はいらなかったぜ。少々年増だったが、なかなかいい女でよ。元は吉原の花魁だったそうだから」

それを聞いた千太郎、驚く。

「なんだと、俺のおふくろ、馬鹿な女だねえ。親方におめえの年季をすぐに明けさせろとかなんとか。でないと、御番所に奥方様のことを訴えるとか。町方がお大名を調べられるもんか。それで、へっへっへ、俺たちが采女ヶ原に引きずり込んで順番に遊んでやったのよ。その間に呉服橋のお屋敷に親方が知らせに走り、奥方様と楓様がいらしてな、おふくろ、気持ちよくあの世行きだ」

「くそっ」

「仙公、お屋敷に行けば、おめえ、いい思いができるし、あの楓様が見張りじゃ、逃げられっこないぜ。おめえのおふくろの胴斬り、見事なもんだった。喜びな。おめえのおふくろは、苦しむ間もなかったよ。俺たち五人を相手にしてさんざんいい気持ちになってるところをすぱっと楓様に斬られて、あれがほんとの極楽往生ってやつだな」

「ちくしょう。やっぱり、狐女の仕業だったんだな」

千太郎は歯噛みする。

「狐はひでえなあ。あれでけっこう別嬪だぜ。俺たちじゃ手が出せねえけど」

「兄貴、こっちの娘はどうします」

　子分のひとりがお鈴を見て舌なめずりする。

「俺たちをここまで案内してくれた礼をしなくちゃ」

　お鈴は首を振る。

「だれが。あたし、案内なんかしてないわよ」

「芳町に姿を現したのが、運のつきで、俺たちがおめえの面を憶えていたから、そっとあとをつけたんだよ。ははは」

「なかなかの別嬪ですぜ」

　お鈴は男たちから身を隠すように千太郎の後ろに下がる。

「そうなんだよ。若竹屋の客としては、上玉だ。それにまだ男をあんまり知らねえようだ。これから、岡場所で男の客をさんざんもてなさなきゃならないんだ」

「なにをっ」

「だからさ、親方がおめえを奥方様に差し出したあと、そっちの娘は場末の岡場所で働いてもらうのさ」

「いやよ」

「いやなもんか。岡場所はいいぜ。毎日、とっかえひっかえ、荒くれ男と楽しめるんだからな。そうだ、いいことを思いついた。俺たちをここまで導いてくれた礼に、女郎になる稽古をつけてやろう」

「おおっ、兄貴、いいねえ」

「年増の夜鷹より、よっぽどご利益がありそうだ」

子分のひとりがお鈴の手を引っ張る。

「いやっ」

「やめろっ」

つっかかっていく千太郎を蹴とばす兄貴株。

「うっ」

呻いて倒れた千太郎を子分のひとりが押さえつけ、もうひとりがお鈴を抱きしめる。

「兄貴、この女、柔らかくてすべすべしてるぜ」

「そいつはいいねえ。色子はそこでおとなしくしてろい。さ、女。おめえの好きな男の目の前で、俺たちがさんざん、色事の稽古をつけてやるからな。うれしくなって好きなだけ、泣き叫んでもいいんだぜ」

子分がいやがるお鈴の帯を解こうとしたとき、すっと戸が開いて、風が舞い込む。

「狼藉はそこまでにいたせ」

ぬっと入ってきたのは雲をつくような大男。顔には鬼の面。

「わっ、化け物だあ」

子分のひとりが叫ぶ。

「馬鹿野郎、いくら化け物小屋でも、ほんものの化け物なわけはねえ」

鬼面《きめん》の大男はならず者たちをじろりと見渡す。

「女を離さぬか」

「知るかっ」

大男は、お鈴を抱きかかえている子分に跳びかかり、拳で腹を突く。

「げっ」

子分は口から血を吐いて悶絶する。

次に千太郎を羽交い絞めにしている男が顔面を打ち砕かれて声もあげずに倒れる。

「こいつ、丸腰だ。ひるむんじゃねえ」

兄貴分が叫び、匕首《あいくち》を抜く。

鬼面の大男は、跳び蹴りで兄貴分の胸を打ち砕き、もうひとりの首の骨をねじり、もうひとりは床に頭を叩き潰される。

瞬時にして、五人は絶命していた。

「見ての通り、化け物屋敷に住む鬼じゃ。あまりの非道につい怒りをぶつけてしまった」

「はい、あなた様は」

「女、大事ないか」

お鈴は男たちの死に呆然としている。

よろよろと千太郎が立ち上がり、礼を言う。

「危ないところをお助けくださり、ありがとうございます」

「そのほう、女子ひとり守れぬようでは、心配じゃな」

千太郎はうなだれる。

「いいのよ。仙さん、いっしょにいてくれるだけで」

「俺、命にかえて、おまえを守るぜ」

「それはまことか」

大男が千太郎を見下ろす。

「ははあ」

「そろそろ暗くなってきたぞ。ふたり揃って、どこへなりと消え失せろ」

「どこのどなたか存じませんが、ありがとうございます。仙さん、行きましょう」

「だけど、このままでいいのかい。菊兄さんに迷惑が」

大男が千太郎を睨みつける。

「なにをくだくだ申しておるか。あとのことは、わしがなんとでもする。早く立ち去るがよい」

ふたりが立ち去ったあと、天井からさっと弥太郎が飛び降りる。

「熊さん、おまえさん、すごいね。こいつら、みんな息がないよ」

「とんだ殺生をしてしまった。どう始末しよう」

「すぐ裏が大川《おおかわ》だ。闇夜にまぎれて、投げ込めば、こんな外道どもでも、海まで流れて魚の餌になるさ」

「じゃ、当分刺身は食えないね」

「うん、熊さん、あとは頼むよ。あたしはあのふたりの行先をたしかめるから。千住のおばさんのところへ行くと言ってたけど」

「頼んだよ。弥太さん。あの若い色子、お鈴ちゃんの相手にしちゃ、ちょっと頼りないから、心配だ」

熊吉の言葉が言い終わらぬうちに、弥太郎の姿は闇に消えていた。

亀屋の二階に店子一同を集めた勘兵衛が、熊吉と弥太郎の報告に感心した。

「熊さん、大活躍だったね。仙之丞の居場所がわかって、よかったよ」

熊吉はいつもの小声で言う。

「弥太さんのおかげです。あたしが佐野屋の辺りをうろうろしてたら、弥太さんが後ろから声をかけてきて」

弥太郎がうなずく。

「佐野屋を見張ってましたら、熊さんがあの近所を行ったり来たり。あんまり目立っちゃいけないと思いましてね」

「この前、徳さんが言ってたでしょ。娘がいなくなった割に、佐野屋に変わった様子がないって。あたしが箸を届けたときも、いつもとさほど変わりがなくて、お仙のところから姿を消したお鈴ちゃんは、ひょっとして、佐野屋に戻ってくるかもしれないと思いまして、それで、あの辺りをうろうろしてたんです」

「いやあ、熊さん、目立ちましたよ。それで声かけて、佐野屋のすぐ近くに蕎麦屋《そばや》があったんで、そこに入って、そこから、外の様子をうかがってたんです。食ったねえ。熊さん、六枚ぐらい」

「あたし、蕎麦が好物なんで、何枚でもいけます」

「で、半刻ほどねばってたら、若い娘が佐野屋の勝手口に入っていく。熊さんがあたしに目で合図したから、あれがお鈴だなって。あたし、お鈴を見たのは初めてだったんで。このまま家に居つくようなら、熊さんは目立つから、あたしひとりで見張りを続けようと思いまして、とにかく蕎麦の勘定を済ませて外へ出ると、勝手口から娘が出てきて、南に向かって歩いていきますから、ひょっとして芳町だろうとあたりをつけまして、目立たないように、とはいいながら、熊さんもいっしょに後を追いました」

「うん、わかったよ」

勘兵衛はうなずく。

「お鈴が若竹屋へ行き、呼び込みしていた菊三郎から仙之丞の居場所を聞いて、東両国の化け物屋敷に向かったんだね」

「はい、その直後に若竹屋からごろつきが五人、ぱらぱらと出てきて、お鈴の後をつけているのがわかりましたので、あたしらも、目立たないよう付かず離れずに続きました」

「卒爾《そつじ》ながら」

左内が熊吉に言う。

「熊吉殿、瞬時に五人を素手で倒されたのですな」

「はあ、思わず手が出てしまい、殺生をいたしました」

「拙者、初めてそこもとをお見受けした際、只者ではないと思っておったが、やはりそうであったか。以前にも人を殺めておられましょう」

熊吉は頭を下げる。

「おわかりでしたか、左内さん」

「うむ」

「あたしはそのために、賄方を御役御免になりまして」

「さようか。いつもは気迫を消しておられるが、柔術と拳法を修行されたとのこと。一目見ただけで、心得がおありだとわかります」

剣術の達人なればこその左内の言葉であった。

「あまり買いかぶらないでくださいな。今はただの箸職人ですよ」

「ふふ、拙者とて、今はしがないガマの油売りでござる」

「では」

勘兵衛が一同を見渡す。

「おかげで、夜鷹殺しの真相がわかりました。色子の仙之丞をいたぶる客が斉木伊勢守の奥方と知ったお仙が、若竹屋に談判しようとして、子分たちに采女ヶ原で手込めにされ、そこへ伊勢守の奥方とお供の女武者が到着し、お仙を胴斬りにした。そのため、身を隠していたお鈴が、同じく身を隠していた仙之丞の潜伏先である東両国の見世物小屋を訪ねたところ、竹五郎の子分が襲いかかるも、熊さんによって成敗され、お鈴と仙之丞は逃亡したと」

「はい」

弥太郎が言う。

「ふたりの行先は千住で、お鈴の叔母のところでした」

「竹五郎がふたりに危害を加えることは」

「追手の子分を熊さんが皆殺しにしたので、今のところ、その心配はないと思いますけど、ただ、あたしが菊三郎に聞いたところ、若竹屋では色子たちはみな、お鈴と仙之丞の仲を知っておりまして、お鈴が佐野屋の娘だとも知られています。佐野屋が狙われることも考えられますね」

「じゃ、あたしが佐野屋の周辺に気を配りましょう。あの辺り、小間物のお得意さんが何軒かできましたから」

「徳さん、頼んだよ」

「はい」

「さあ、これで伊勢守の奥方お鶴の悪行ははっきりしたし、夜鷹殺しの下手人《げしゆにん》が奥方付きの女武者というのもわかった。それに加担しているのが若竹屋の竹五郎だ。この連中の始末、どうつけるかだね」

「あともうひとつ」

玄信が腕組みしながら言う。

「斉木伊勢守も悪の一味に違いありませんぞ。なんとかいたしませんと」

「では、あたしが張り付きましょう」

にやりと笑う弥太郎であった。

四

柳橋《やなぎばし》のひっそりとした茶屋の奥座敷の上座で、還暦近い痩せぎすの武士が脇息によりかかり、つまらなそうに酒をちびちびと飲んでいた。髪は白く、顔は浅黒く、目だけは鋭く光っている。越後岩田藩主、斉木伊勢守である。

「お殿様」

入口の唐紙の向こうで声がする。

「入れ」

「ははあ」

唐紙が音もなく開いて、すすっと三十半ばの粋な身なりの町人が入り、座ったまま戸を閉める。

「お殿様、この竹五郎、不覚にも遅参いたしまして、申し訳なくございまする」

「まあよいわ。近う参れ」

「はっ」

竹五郎は伊勢守の前まで膝行する。

「まあ、一献、飲むがよい」

伊勢守は自分の手の盃をそのまま竹五郎に差し出す。

「ありがたき、しあわせに存じまする」

竹五郎は盃を恭しく受け取り、伊勢守から注がれた酒を一気にあおる。

「お殿様のお流れ、おいしゅうございます」

「さようか。で、奥よりさんざん催促されておる。色子の行方、判明いたしたか」

竹五郎は申し訳なさそうに頭を畳にすりつける。

「申し訳なく、重々お詫びいたします」

「なんじゃ、まだわからぬか」

「はっ、そのことで、今宵は遅参いたしました。色子仙之丞の潜伏先を存じおる女子をわたくしの手勢五名が追跡いたしたところ、姿を消しましてございます」

伊勢守は訝《いぶか》しげに竹五郎を見据える。

「なに、姿を消したのは色子か、女子か、そのほうの手下か」

「みなみな、煙のごとく霧散いたしましてございます」

溜息をつく伊勢守。

「早う色子を探し出すのじゃ。奥にせっつかれて、ほとほと参っておる」

「お察し申し上げます」

「奥は色子を屋敷に身請けしたいなどと申す。困ったものじゃ」

「そのことならば、身請け金など不要でございます。色子仙之丞、見つけ次第、お屋敷に献上いたします」

「ならば、呉服橋の本邸はならぬぞ。下屋敷がよかろう。が、見つかるのか。奥は首を長うして待っておるぞ」

なるほど、奥方の名前がお鶴だから、首を長くしてか。だけど、あの猪のような奥方の顔は太い首元にめりこんでいる。あの首が長くなるもんか。と内心笑いをこらえながら、竹五郎は無言で頭を下げる。

「ときに、そのほうの茶屋、景気はどうじゃな」

「はい、おかげさまで、なかなか潤うております」

伊勢守の頰が緩む。

「それは重畳《ちょうじょう》。せがれは隠居を勧めおるが、まだまだ承諾するものか。わしはそろそろ、幕閣に返り咲こうと思うておる」

「へっ」

驚く竹五郎。

「寺社にご再任でございますか。それはよろしゅうございますなあ」

「いや、寺社奉行はもうよい。次は老中と思うておる」

ますます驚く竹五郎ではあるが、おくびにも出さず、

「ご老中とは、お殿様にはふさわしいお役目でございます」

「奥の親元も後押ししてくれよう。昨年は大奥の御年寄に力添えを頼んだが、とんだ思惑外れで、たいそう損をした。なにしろ、出世には金がいくらあっても足りん。米どころの越後なれど、わが藩は不作が続き、年貢も滞《とどこお》りがちでのう」

「しかも、今年は国入りも迫っておる。江戸から越後まで行列を仕立てての長旅に、いくらかかることか。老中となれば、国入りが免れるのだ。今の頼みの綱は金だけ。金があれば、望みは叶う。竹五郎、そちの茶屋だけが頼りなのじゃ」

「いけませんなあ」

「なにを仰せられます」

竹五郎は大げさに首を横に振る。

「わたくしなどが頼りとは。しがない色子の稼ぎなど、知れておりまする」

「たしかに三軒では、ちと実入りが少ないかもしれぬの」

「はあ」

「そこで、一手、考えがある」

「どのような」

「吉原と同じような廓を向島辺りに築こうかと思うておる」

向島に廓だと。なんて馬鹿な。夢のような話だな。そんな与太話《よたばなし》で俺から金をふんだくるつもりか。

「お殿様が、向島にでございますか」

「まず、一万坪もあればよかろう。形は吉原と似たようなものだが、そこに陰間茶屋を集め、お上のお許しをいただく」

落ち目続きで気でも触れたか。そんな愚かな夢に金など出してたまるか。

「そのようなこと、叶いますので」

「叶うとも。吉原が許されたのじゃ。陰間茶屋の廓があってもよいであろうが。わしが老中にさえなれば、通してみせる。大門を入ると、右が男相手の陰間茶屋、左が女相手の色子茶屋、そしてさらにお上公認の賭場を作る」

「賭場でございますか」

「俗に飲む、打つ、買うと申すであろう。酒はそれぞれの茶屋でふんだんに出せばよい。男も女もみなみな男を買うので、新天地は男吉原とでも名付けるかな」

「男吉原でございますか」

「さらに、そこに賭場があれば、江戸じゅうから集まった老若男女が男吉原に金を落とすであろう。田畑しかない寂れた向島に飲む、打つ、買うの三拍子揃った桃源郷を作る。それを目当てに、周辺にも商家が立ち並び、落ち込んでいた江戸の景気が盛んになる。民の暮らしをよくすることこそ大事であろう。しかも儲かる」

心底驚く竹五郎。

「驚きました。そのようなこと、叶いますでしょうか」

「まず、わしが老中になる。そして、奥の親元より景気をよくする妙案として、上様に進言してもらえば、なんでも叶う」

「上様でございますか」

「さよう。そのほうも存じておろう。奥の父上は上泉周防守様。ここだけの話、周防守様は上様と乳兄弟なのじゃ」

「へええ」

「それゆえ上様は奥を姪のように思ってくださる」

「やんごとなき奥方様であらせられます」

おかげでどんな悪行もおかまいなしってわけか。

「男吉原が開かれれば、表向きにわしが営むわけにはまいらぬ。そこで、老中の権限でそのほうを頭取に取り立て、名字帯刀を許してつかわす」

「ははあ、ありがたきお言葉」

「そうであろう。そこでひとつ、そのほう、手を汚してはくれぬか」

「はあ」

金の無心ばかりか、手を汚せだと。

「どのようなことでございますか」

「いくら金を遣うても、たやすく老中にはなれぬ。なにしろ、今、老中の頭数が五人揃うておる。ひとりかふたり、消えてくれれば、わしが後釜に抜擢される」

「それはちと、難しゅうございますな」

「なあに。一昨年、井坂日向守《いさかひゅうがのかみ》が身罷《みまか》った折、寺社奉行のわしが老中に推挙されることになっていた。それを阻みおったのが、老中首座の牧村能登じゃ。出羽の田舎大名を推して、先に末席に据えてしもうた。ゆえにわしは老中になれなんだのじゃ。今の老中は牧村能登を筆頭に、森田肥前守《もりたひぜんのかみ》、大石美濃守《おおいしみののかみ》、宍倉大炊頭、松平若狭介、五人おる。大炊頭はそろそろ歳でくたばるか隠居するか。その空席にわしが昇っても、首座に能登がおる限り、わしの目論見は通らぬであろう。そこで、どうじゃ、能登をそちの手勢で片付けてはくれまいか。能登さえいなくなれば、わしは楽々と老中の空席に進める。しかも、あとの四人はどうにでもなる。男吉原も望みのまま。そのほうは向島の極楽の頭取。儲けはわしと折半でどうじゃ」

「男吉原はありがたいお話ながら、ご老中首座をおいそれと片付けるなどとは」

「できぬと申すか」

「いえ」

「できぬならば、男吉原の話も通らぬぞ。わしは、そなたにも出世してほしいのじや」

「ありがたきしあわせにございます」

「ふふ、そうであろう」

伊勢守は竹五郎の手を取り、引き寄せる。

「そのほう、陰間をしておった頃と少しも変わらぬのう」

「お殿様こそ、いつまでもお若うございます」

亀屋の二階には今夜も勘兵衛の横に井筒屋作左衛門が険しい顔で座っている。

「以上が、柳橋の料理茶屋の天井裏で、あたしが見聞きした伊勢守と竹五郎の逢瀬でございます」

弥太郎の報告に一同、動かずにいる。あまりに生々しい男同士の濡れ場については憚《はばか》られるので、詳しくは語らなかったが。

「つまり、弥太さん、伊勢守が竹五郎を使って、老中首座の牧村能登守様を亡き者にし、自分が老中になって、好き勝手に振る舞う。向島に男が身を売る男吉原を作り、賭場も併せてとは、そんなことで景気の帳尻が合うものか」

「そうですとも、勘兵衛さん」

作左衛門も大きくうなずく。

「幕閣が女郎屋と賭場を仕切れば、江戸はおろか、この世は闇の悪所になります。ますます捨て置けません」

「井筒屋さん、ご家老を通じてこのこと、殿にお伝えください」

「承知しました。斉木家は譜代で三河以来の名門、寺社奉行は何人か輩出しておりますが、老中まではなかなかで、今の伊勢守は愚鈍で凡庸、奥方にも頭が上がらず腑抜けのように思っておりましたが、相当に策士で頭も切れるのかもしれませんね。周防守の娘お鶴を奥方にしたのも、出世のためでしかなく、色子茶屋での悪行を戒《いまし》めるどころか、加担しておりますからね。自分も陰間とよろしくやって」

お京が言う。

「奥方お鶴がきれいなのは名前だけ。見た目も心も猪の化け物。そんな女を平気で女房にしているのは、出世のためでもありましょうけど、よっぽど女より男が好きなんじゃないかしら」

「奥方が芝居の役者に狂い、色子に狂っているのは、亭主の伊勢守に相手にしてもらえない腹いせかもしれませんよ」

そう言ったのはお梅であった。

「役者狂いが高じて、心のたがが外れてしまったのかもしれません。かといって、平気で人を嬲《なぶ》りものにし、命さえ奪うのは許せませんが」

「じゃ、お梅さん。お鶴の悪行は亭主の伊勢守のせいでもあると」

「心の病と片付けて済ませるような話じゃありませんけどね」

「さて」

勘兵衛はみんなをぐるっと見渡す。

「斉木伊勢守、奥方お鶴、若竹屋竹五郎、こいつらの悪行はわかりました。どうやって、始末しようかね」

「まずは」

普段おとなしい二平がぼそっと言う。

「ご老中首座の牧村能登守様をお守りしなければならないんじゃありませんか。能登守様がいなくなれば、伊勢守を老中にするよう上様からお達しがあり、そうなると、殿も老中を続けられるかどうか。竹五郎の動きをまず、阻止し、伊勢守の息の根を止めましょう」

「おお、二平さん、いいこと言うねえ」

「二平さん、なにかいい考えでもあるのかい」

「いえ、そこまではまだ、なにも考えちゃおりません」

首筋を撫でる二平であった。

第四章　お化け退治

一

柳橋の茶屋で四人が密会していた。

座敷の上座には老中松平若狭介、その脇に江戸家老の田島半太夫、下座には井筒屋作左衛門と大家勘兵衛が平伏している。

若狭介がにこやかに声をかける。

「勘兵衛」

「ははあ」

「そのほうらの働き、まことに目覚ましい。以前もそうであったが、一枚の瓦版より、よくぞそこまで調べあげたのう」

「ありがたきお言葉、長屋の一同も喜びましょう」

「胴斬りにされた夜鷹、哀れな身の上であったのじゃなあ」

「はい」

　若狭介の民への思いに勘兵衛は大きくうなずく。

「好きで身を売る女子などございません」

「それにしても、斉木伊勢守、不埒《ふらち》ゆえに寺社奉行を解かれながら、まだ老中を望むとは。しかも向島に陰間茶屋と賭場を合わせた色里をお上の許しで設けようなどと、大戯《おおたわ》けじゃ。だが、考えてみれば吉原という前例もある。どのように愚劣であっても、いったんお上の許しで出来てしまえば覆《くつがえ》すのは難しい」

　作左衛門も眉を曇らせる。

「はい、伊勢守の狙いは老中となって、その権限で歪んだ色里を企て、暴利をむさぼることだと思われます。郊外の土地を切り拓き、資材を集めて茶屋や賭場を建て、商人や働き手を集めれば、大きな金が動き、おこぼれ目当てにすり寄る者どもも絶えませぬ。お上のお許しあれば、不平不満もどこ吹く風。大名のくせに、阿漕《あこぎ》な商人顔負けでございますよ」

「さよう。だが、まかり間違って伊勢守が老中になったところで、牧村能登守様がおられる以上、押さえが利く。ふふ、わしは能登守様をとんだ古狸と思うておったが、あのお方、民のことをよく考えておられる」

勘兵衛は苦《にが》い顔。

「それゆえ、伊勢守は能登守様を亡き者にせんと画策しております」

「ますますもって、底が知れぬのう。能登守様のお命を奪い、自分が老中になれば、奥方お鶴の縁故で上泉周防守様が後押しして、老中筆頭となり、思う存分に力を発揮する所存じゃな。となれば、風紀を乱す悪所をお上が許すことになろう」

「わたくしどもで調べましたが、奥方お鶴は伊勢守に輪をかけた残虐非道の奸物《かんぶつ》。悪所に入り浸り、色子を死に追いやるばかりか、素性を知った夜鷹を手下の女武者に斬らせたのもお鶴の仕業《しわざ》でございます」

若狭介は思い余って、半太夫を見る。

「世も末じゃのう」

「なにを仰せられます。殿、嘆いておられても始まりませぬぞ。わたくし思いますに、伊勢守と奥方お鶴は似た者夫婦。伊勢守の出世はお鶴の縁故なくては叶いませぬ」

「相わかった。伊勢守を追い詰めるには、お鶴も始末せねばなるまい。さて、勘兵衛、いかがいたす」

「伊勢守は思った以上に悪賢く、たやすく尻尾を出しませぬ。周防守様が後ろ盾ならば、弱みは奔放に遊ぶ奥方お鶴。もうひとつ、自ら手を汚さず、懇《ねんご》ろにしている色子茶屋の若竹屋竹五郎を手先に使い、密かに能登守様のお命を奪わんとしております。そこで、お殿様、若竹屋を追い詰める手立てといたしまして」

「うむ、勘兵衛。わしにまた、一働きさせるつもりか」

「悪人どもを追い詰めるため、ぜひ、お願いいたします」


二月下旬、江戸城本丸の老中御用部屋に五人の老中が列座し、議案を話し合った。ひとつは町奉行の人選について。昨年の十一月に北町奉行柳田河内守が不祥事のため自刃し、師走に急遽選ばれた新任の戸村丹後守が年末に急死した。その後、北町奉行は不吉であるとの噂が流れ、だれもなりたがらない。それゆえ、南町奉行の磯部大和守より、早急の人選を願いたいとの申し立てが出されている。

老中首座の牧村能登守が一同を見渡す。

「ふたつの町奉行所にひとりの奉行では、町方の支配に支障をきたす。いかがでござろうかのう」

「では、申し上げます」

森田肥前守が言う。

「このままでは埒《らち》が明きませぬ。実績や人望にはこだわらず、石高、家柄で決めてはいかがでしょう」

「うむ。それしかあるまいな」

「石高は三千石以上、家柄は三河以来の名家では」

「そういたそうか」

大石美濃守が言う。

「無役の寄り合いから働き盛りを歳の順に選ぶのはいかがでしょうかな」

「ほう、美濃守殿、それも一案でござるな。齢《よわい》四十以上の者のうち、歳下から順に指名いたそうか」

高齢の宍倉大炊頭がもごもごと言う。

「いや、能登守殿、若い者より歳の上の者からではどうでござろう。亀の甲より年の功のたとえもござる。老い先短い者に最後のご奉公をさせてみては」

能登守は、心持ち小首を傾げる。激務の町奉行に高齢者は無理だろう。

「では、齢四十から五十の間で、石高、家柄を目安にして、なんとか選び出し、決まったら最後、いやとは言わせぬようにいたそう。ご一同、いかがでござる」

「御意」

全員、同意する。

「他になにかござらぬようなら」

「能登守様、よろしゅうございましょうか」

末席の松平若狭介が発言する。

「若狭介殿、なんであろう」

「今の事案と多少かかわりのあることで、気になることがございまして」

「ほう」

「町でのよからぬ風聞《ふうぶん》なので、われら老中一同で評議するのはいかがかとも存じますが、町奉行所が手薄でなかなか動かぬ様子。それゆえ差し出がましく申し上げます。よろしいでしょうか」

「なんなりと申されよ」

一同は末席の若狭介に注目する。

「町人の好む芝居のことにて、われら武家とは縁はございませぬが、芝居小屋の周辺に客を目当ての茶屋が乱立しております。その中に陰間茶屋という遊興の場がいくつもございまして」

「おお、陰間茶屋でござるか」

森田肥前守が興味深そうに言う。

「肥前守様、ご存じですか」

「噂を耳にしたことがありますぞ。いかがわしい茶屋でござろう」

「はい、陰間とは芝居の見習い役者のこと、芸の修業と称し、茶屋で男の相手をいたします」

うなずく肥前守。

「やはりそうですな。男が男の相手をする吉原のようなものでござろうか」

「はい」

牧村能登守は首を傾げる。

「うーん、若狭介殿、いかがわしいとは存ずるが、町奉行所にその衆道の茶屋を取り締まるよう要請すべきかどうか、そういう事案でござるか」

「乱立する陰間茶屋は風紀を乱すと思われますので、町奉行所によるしかるべき対処が望ましいと存じます」

能登守が顔をしかめる。

「だが、若狭介殿、陰間茶屋の数、芝居町の周辺だけでも相当にあると聞き及ぶ。風紀の乱れならば、お上のお許しのない岡場所なども取り締まらねばならぬ。今、北町奉行不在で切迫しておる両町奉行所の人員で、数多《あまた》ある陰間茶屋の手入れはいかがなものかな」

「はい、能登守様、仰せの通りでございます。町奉行所の役目は町人の暮らしを支配し悪事を取り締まること。町を見廻り、訴えを聞き届け、悪人を捕縛するだけではなく、お裁きの吟味から各町内の人別帳の保管まで、ありとあらゆる業務があり、町の隅々にまで目を届かさねばならず」

「さよう。今、町奉行所は手薄。事案が山積する中で、男が男と戯《たわむ》れる陰間茶屋ごときにはなかなか手が回らぬと存ずる。まずは先送りといたそうではないか」

「はい。陰間茶屋すべてにあまねく手入れなど、とても無理でありましょう。ただ、能登守様。わたくし、案じますのは、陰間茶屋の中に淫らがましくも、女人相手の店が繁盛しているということで」

「なに、女人を相手じゃと。男ではなく」

　森田肥前守が身を乗り出す。

「さようでございます。日本橋芳町の陰間茶屋に紛れて、陰間が女子を弄《もてあそ》び、金を貢がせる色子茶屋なるものがございまして」

「色子茶屋とな」

森田肥前守が言葉を吐き捨てる。

「はい。肥前守様。わたくし、そう聞き及びました。堅気の町娘や商家の女房をたぶらかし、毒牙にかけて金を貢がせる悪辣な商売、暴利をむさぼり、最初一軒だった色子茶屋が今では三軒となり、このまま数を増やせば、江戸じゅうの女子、町人ばかりか武家の妻女までが虜《とりこ》になりかねませぬ。大事に至らねばと危惧いたします」

「さようか」

能登守も顔を曇らせる。

「女子を犯し金を搾り取るとは、由々しきことじゃな」

「今はまだ三軒のみ。これが広がりませぬよう、少ない人員でも町奉行を動かすべきかと存じますが、いかがでございましょう」

「若狭介殿。相わかった。そのような者どもが茶屋を営んでおるとは、許しがたい。今のうちに、なんとか手を打たねばならぬ。では、南町奉行大和守殿に女人相手の色子茶屋取り締まりのこと、早急に要請いたそう。ご一同、よろしゅうござるか」

「御意」

一同、頭を下げる。

「では、まず、今日はこれまで」

脇の御用箱を整理して片付け、それぞれが茶坊主の先導で御用部屋を退席する。

「能登守様」

廊下で若狭介にそっと呼び止められ、能登守が振り返る。

「おお、若狭殿」

「それがしの拙《つたな》い提言、お取り上げくださり、ありがとう存じまする」

「いや、よくぞ申された。陰間茶屋のことは以前より苦々《にがにが》しく思っておったが、色子茶屋などと、そのようなものがあること知らずにいた。が、捨て置けぬな」

「能登守様にそうおっしゃっていただき、ほっといたしました。実は、あの場では差しさわりがあり、申せなかったことがございまして、ぜひ、お耳に入れておきたく」

能登守は訝《いぶか》しみながらも、先導の茶坊主に目で合図する。茶坊主は心得て軽く頭を下げ、ふたりを廊下に残し、無言で先に進んでいく。

「ほう、なんでござろうか」

「色子茶屋を訪れる女子は町人の娘や女房に限らず、なかに武家の妻女もおりまする」

「さもあろう。ますますもって、由々《ゆゆ》しきことじゃ」

「そのなかに、身分のある奥方が通っているとの風聞がございまして」

「身分とは」

「これは町奉行所がおいそれと手の出せぬ大名家の奥方であると」

能登守は呆れて、溜息をつく。

「なんとのう。大名家の妻女までが色子茶屋へとな。世も末じゃのう」

「しかも、その奥方、畏れ多くも上様と多少縁のあるお方らしゅうございます」

「これ、若狭殿、滅多なことを申すでないぞ」

「はは、口は禍《わざわい》の元でございます」

「まさか、そのほう、奥方がどなたか、存じておるのか」

若狭介は周囲をそっと見回し、うなずく。

「はい」

「どなたなのじゃ」

「斉木伊勢守様の奥方お鶴様」

「ははあ、さようであったか」

能登守は扇子《せんす》で自分の額を軽く打つ。

「参ったのう。伊勢守殿の奥方は上泉周防守様のご息女じゃ。周防守様は上様の乳兄弟」

「さようでございますか」

「うむ。伊勢守殿が昨年、不始末で寺社奉行を辞職しながら、廃絶にもならず、隠居もしておらぬのは、奥方が父上の周防守様に泣きついたからとの噂じゃ」

「噂ばかり飛び交いますな。せっかくの色子茶屋取り締まりに、周防守様から横槍が入らねばよいのですが」

「うむ、若狭殿。よくぞ知らせてくれた。わしから大和守殿にそのことを伝えるといたそう。色子茶屋三軒は横槍の入る隙を与えず、即刻取り潰したほうがよかろう」

「それがよろしゅうございます。あ、それから、能登守様と膝を交えて、ご政道についてお話をうかがいたいと前々から切望いたしております」

「ほう」

「一昨年、それがしを老中にご推挙くださり、まことにありがたく、一度ゆっくりお礼を申し上げたいのですが、能登守様はご酒を嗜まれぬとうかがい、なかなかお誘いできずにおりましたが」

「お気遣いは無用じゃ」

「はい、ですが、それがしの下屋敷が本所にございまして、すぐ近くの亀戸《かめいど》に梅の咲き誇る茶屋がございます。梅見の時節は過ぎましたが、まる鍋が名物で」

能登守は唾を飲み込む。

「まる鍋。すっぽんでござるな」

「はい。いかがでございましょう。まる鍋をつつきながら、能登守様のご高説をうかがいたく」

「わしをお招きくださると」

「はい、ぜひとも、お越し願いたく」

「ふふ、すっぽんとは贅沢じゃな。日頃、倹約を口にされておられるそこもとにしては」

「はい、民の暮らしには倹約は必定《ひつじょう》、われらも民の見本にならねばなりませぬが、それればかりでは息が詰まりますゆえ、ごくたまにはよろしいかと」

「さようなれば、喜んでお招きにあずかろう。亀戸ですっぽんとは一興。伊勢守殿の奥方の噂もうかがいたい」

「いつがよろしゅうございましょう」

「すぐにでも、散り梅を見物にまいるとしよう」

田所町、亀屋の二階、勘兵衛の前で神妙にかしこまっている半次。

「へい、大家さん、さようでございますか。あっしにできることなら、なんでも」

「お殿様が亀戸に能登守様をお招きなされることになった」

「亀戸にねえ」

「お忍びで、お供も少ない。そこを伊勢守の手先の竹五郎たちに襲わせる」

驚く半次。

「なんです。そんなことして、大丈夫なんですか」

「わたしもお供に付くことにした」

「大家さんが」

「たまには武士に戻るのもいいだろう」

「で、あっしはどうすれば」

「伊勢守の用人に化けて、竹五郎をうまく乗せるんだよ」

半次は首を傾げる。

「用人ねえ。あっしは知りませんぜ。用人の顔なんて」

勘兵衛はにんまり笑って、うなずく。

「竹五郎だって知らない。なんでもいいんだよ。適当な名前を使って、若竹屋に乗り込んでほしい。色子茶屋に南町奉行所から手入れがすぐ入ることが決まったからね」

「決まりましたか」

「お殿様がご老中方に働きかけてくださった。芳町界隈は慌ただしくなるよ。若竹屋は潰れるだろうな」

「あっしは芝居好きだから、陰間茶屋も潰してほしいです」

「まあ、そこまではわからないが、欲にかられた竹五郎を脅すなりおだてるなり、今までのいきさつから、うまく持っていってくれないか。おまえさんなら、芝居は上手だから」

「あっしも武士に戻るわけですね。承知いたした」

「それともうひとつ」

「え、まだなにか」

「おまえさん、一度会ったら、どんな相手にでも化けられるだろ」

「そりゃまあ、背丈とか年齢とかが違いすぎると無理はありますけど」

「竹五郎の顔、声色、それをうまく盗んで、次に竹五郎になってほしいんだ」

「あっしが竹五郎に。それはまた」

「伊勢守の奥方お鶴を騙すんだ」

「わあ、猪婆ですね」

　半次は顔をしかめる。

「そいつは手強《てごわ》いや」

「おまけに狐顔の女武者もいっしょだよ」

「やだなあ。下手《へた》すると胴斬りにされちまいますよう」

「大丈夫だよ。仙之丞をうまく出《だ》しに使うから」

「仙之丞なんて、いないでしょ」

「いなくたっていいんだ。そこはちゃんと考えている」

「へえ」

「それにね。お京さんが今、呉服橋の伊勢守の屋敷の奥に潜り込んで、お鶴の悪事の証拠をいろいろ探ってるところさ。なにが出るかお楽しみ。で、おまえさんは竹五郎に化ける。そのあと、また亀戸で用人に化けて、一芝居も二芝居もやってもらう。出番が多いのはうれしいだろう」

「さても、目まぐるしき人生じゃなあ」

　思わず見得《みえ》を切る半次であった。

陰間茶屋が軒を並べる日本橋芳町の通りは今日も男女の客が大勢歩いている。

「そこのねえさん、いかがです。今から歌と踊りが始まりますよ。寄っていきませんか」

呼び込みの若衆に引かれるように、身なりのいい三十前後の武士がそっと近寄る。

「どのような歌が始まるのじゃ」

言われて、若衆は恐縮する。

「お武家様。ここはお女中のみでございます。殿方はご遠慮くださいまし」

「ここは若竹屋であろう」

「はあ、さようでございますが」

「拙者、遊びにまいったのではないぞ。主の竹五郎はおるのか」

「あの、なにか、御用がおありでしょうか」

「うむ、取り次ぐがよい。呉服橋の屋敷から参った。そう伝えよ」

「では、お待ちくださいませ」

武士を店の前に立たせて、若衆は中に入る。通行人がちらちらと武士を見て、通り過ぎていく。

「旦那」

人相の悪い遊び人風の男が顔を出す。

「あっしはここの番頭でござんす」

「さようか」

「呉服橋からお越しですね」

「うむ」

「では、ご案内いたしやす。こちらへどうぞ」

茶屋の番頭というより、博徒に近い。案内されて中に入ると、若い色子が五、六人、笛や三味線、太鼓に合わせて歌って踊り武士を迎える。

「静かにしやがれっ」

番頭が色子たちを怒鳴りつけ、歌と踊りは終わる。

「さ、どうぞ、こっちですぜ」

茶屋の中には唐紙で仕切られた小座敷が数多くあり、明るいうちから男女のしどけない声が聞こえる。

奥の座敷に入ると、人相の悪い奉公人がたむろしており、番頭に連れられた武士にぺこりと頭を下げる。

武士は鷹揚に礼を返し、一番奥の部屋に通される。

「ようこそ、お越しくださいました」

武士を迎える竹五郎は大店の主人を思わせる風格で、整った顔つきに穏やかな笑みを浮かべている。

「おまえたちは外していなさい」

「へい」

言われて、番頭は外から唐紙を閉める。

竹五郎は武士を上座に着かせて、深々と頭を下げる。

「お初にお目にかかります。当家の主、竹五郎でございます。旦那様、呉服橋のお屋敷からお越しですね」

「拙者、斉木伊勢守の用人、木下新兵衛《きのしたしんべえ》と申す。見知りおけ」

「ははあ」

「殿から聞いておるぞ。わが藩の奥方様もたいそう世話になっておるそうじゃな」

竹五郎は首を振る。

「いいえ、お世話になっておりますのは、わたくしのほうでございます。して、今日はどのようなご用件でございましょうか」

「突然にまかりこしたが、そのほうに至急伝えるようにと仰せつかってのう」

「お殿様からの直々《じきじき》のご伝言でございますね」

「さようじゃ」

竹五郎は平伏しながら思案する。例の能登守の一件だな。催促されても、あんまり気が進まない。

「心して承《うけたまわ》れ」

「ははあ」

「近く陰間茶屋に取り締まりの手が入る」

「え」

なんのことだろうか。

「それはいったい」

「うむ。風紀を乱すとの訴えあり、ご老中から南町奉行に要請があったよし」

「ご老中からの差し金で奉行所が陰間茶屋を取り締まるということでございましょうか」

「さよう。すぐにも取りかかるそうじゃぞ」

「ということは、ここにも町奉行所の手が入るのでございますね」

武士は軽く溜息をつく。

「殿中でそのことが殿の耳に入り、詳しいことを同朋衆より確かめられた。今は奉行所が多忙で、陰間茶屋すべての取り締まりは手間取るので難しい」

「はあ。ならば、少しは安心でございましょうか」

「ところが、かえって厄介なのじゃ」

竹五郎は首を傾げる。

「それはまた、どうしてでございましょう」

「陰間茶屋すべてには手が回りかねる。そこで、とりあえず女子相手に商売している色子茶屋三軒に絞って、実態を調べるとのことじゃ」

あわてる竹五郎。

「ええっ、なぜでございます。わたくしの色子茶屋だけが」

「そういうことじゃ。殿はそのほうを気遣って、一刻も早く伝えてやれと仰せで、拙者が参った次第じゃ」

「それはお手数をおかけし、痛み入ります。が、どうにも弱りましたな。風紀を乱すということならば、陰間茶屋だけではなく、吉原も岡場所も出合茶屋から巷《ちまた》の夜鷹まで、みな同じではございませぬか。なにゆえにわたくしだけが手入れされなければならぬのでしょう」

「拙者にもそのようなこと、わからぬ。が、吉原は公儀のお許しあり、また岡場所は公認なくとも、内情は吉原と同様。だが、陰間茶屋については、本来芝居で生計を立てるべき芝居者が色事を売り物にすること自体けしからんということかな。いずれ陰間茶屋すべてを厳しく取り締まり、それを許す芝居小屋にも手入れがあるやもしれぬ。その手始めとして、男が女に身を売る色子茶屋が選ばれたのであろう。となれば、ここも両隣も、まずはお取り潰しは免れまい」

竹五郎は頭を抱える。

「お取り潰しとは、困りました」

「そうであろう。殿もそのこと、いたく心配しておられる。そのほう、殿が向島に遊里設置のお考えあること、存じておろう」

ああ、あのことか。先日の法螺《ほら》のような伊勢守の計画を思い出す。

「はい、承っております。たしか男が花魁になる吉原のような」

「実現の暁には、殿はそのほうを頭取に取り立てたいと仰せじゃ」

「まことでございますか」

だが、そんなもの、夢物語に過ぎぬ。

「実は着々と進んでおる。わが家中でも存じておる者は拙者以外、お側近くに仕えるごく少数の者だけでな。中でも例のこと、殿よりうかがっているのは拙者だけじゃ」

「例のこととは、どのような」

木下はふんっと鼻で笑う。

「能登守についてのことじゃよ」

「はて、能登守様について、それはまたどのような」

「これっ、とぼけなくともよいわ。殿がそのほうに依頼なされた一件じゃ」

そこまで知っているとは、この木下新兵衛という用人、よほど伊勢守から信頼されているのだろう。

「ああ、あの一件でございますね」

「進んでおるのか」

「そうおっしゃられても困ります。わたくしごときには荷が重うございまして」

木下はにやり。

「ふふ、さきほど拙者をここに案内いたした番頭、あのような手勢をそのほう何人も抱えておろう」

「お恥ずかしゅうございます。あの者ども、元は町のごろつきや遊び人、あるいは無宿の渡世人、たいして役には立ちますまい。先日も奥方様お気に入りの色子の潜伏先が判明したらしく、手下五名が追跡いたしましたが、結局なにもわからぬまま、色子も手下も、消えてしまいました」

「それは残念であるな。奥方様はいたく気にしておられる。その後、消えた色子の行方は知れんのか」

「はい、わかりますれば、すぐにも捕らえ、奥方様の前に差し出すつもりでございます。ただ、手掛かりはありそうでして」

それを聞いて、木下は身を乗り出す。

「ほう、なにかわかったのか」

「その色子のもとに頻繁に通っておりました女の素性、これがどうも堀江町の荒物屋の娘らしゅうございまして、娘がいるかもしれず、いなくても親なれば娘の居所を知っているかもしれず、締め上げてみようかと思っておったところですが」

木下は顔を曇らせる。

「だがな、竹五郎。今はそんなことにかかわってはおられぬぞ。奥方の色子のことよりも、殿の進退がなにより大切じゃ」

「はい」

「向島に殿は一万坪の土地を用意されたのじゃ」

「えっ」

竹五郎は驚く。

「それはまことでございますか」

「殿おひとりでは、とても一万坪は荷が重いが、頼もしいお味方がついておられる」

「とおっしゃいますと」

「ここだけの話じゃぞ。上泉周防守様じゃ」

はっとする竹五郎。

「奥方様のお父上様でございますね」

「存じておるのか」

「はい、さらにやんごとなきお方とご昵懇であらせられるとのこと」

上泉周防守が将軍の乳兄弟であることも伊勢守から聞いている。

「ならば、話は早い。殿がご老中になられれば、さらに上のお方からお口添えがあり、向島の遊里の話は叶うであろう」

「はあ」

「今、老中のうち、ひとりがいなくなれば、確実に殿にその席が回ってくる」

「まことでございますか」

「それには厄介者を取り除かねばならぬ」

「はあ」

「ここ芳町の色子茶屋の手入れを町奉行所に申し入れたのが、老中首座の牧村能登守、それこそが目の上の瘤である」

「なんと」

竹五郎の中で憎しみが湧く。せっかく築き上げた三軒の色子茶屋を潰そうとしている元凶が能登守だったのか。

「そのほう、憎いであろう」

「はい、そこまでうかがえば、ちと、やる気が起こってまいります」

木下は満足そうにうなずく。

「よいぞ。殿が老中にさえ就任なされれば、この茶屋が潰れようと、そのほう、向島の遊里の頭取。そこは陰間茶屋と色子茶屋が軒を並べ、賭場も開場し、江戸はもとより、諸国から男も女も日参するこの世の極楽となるであろう」

竹五郎は息を呑み込む。

「ありがたきしあわせに存じます」

「そのためにも、そのほう、やりとげねばならぬぞ」

「はあ、ならば、お任せくださいませ、と申したいのは山々ではございますが、わたくしに力及びますでしょうか」

「手勢はいかほどじゃ」

「はあ、十五人ほど手下がおりましたが、五人が姿を消しまして、今は十名の者、三軒の茶屋に分かれてたむろいたしております。いずれもならず者でございまして、武術の腕などございませんが」

「十名か。よし、そのほうも入れて十一名。それだけおれば、足りるであろう。武術の腕よりも喧嘩の度胸さえあればよい」

「しかし、能登守の屋敷はお城のお曲輪《くるわ》内、とても、近づくことさえままならず。いかにして」

「たしかに能登守は屋敷と城中を行き来するだけ、道中を襲撃すること至難の業、しかも、屈強の警護の者が常に側についておる」

「それをわずか十名の無頼《ぶらい》では、歯が立ちませぬな」

「そうであろうな。殿もそのことは思案しておられる。しかし、幸いなことに耳よりな話があっての」

「ほう、どのような」

「一昨年、殿は老中の席を望みながらも、出羽の松平若狭介に先を越されて、口惜しい思いをされていたが、その若狭介の下屋敷が本所にあるそうじゃ」

「はあ」

「若狭介が能登守と殿中で立ち話をしているのを耳にした同朋衆が殿の耳に入れたのじゃ。能登守を亀戸の茶屋で接待するとのこと。明後日、能登守が亀戸に来るぞ。それもお忍びで、駕籠も軽装、供はごくわずかであろう。十名もいれば、襲撃はたやすい。能登守の息の根を止めれば、老中の空席に殿が昇られ、周防守様を通じて上様の威光を後ろ盾に、向島の桃源郷が叶うであろう」

「そこまでうかがえば、この竹五郎も男でございます。ぜひとも、お殿様のご期待に応えまする」

「よくぞ申した。殿もお喜びであろう。いざ合戦じゃ」

「では、木下様、戦の前に一献とまいりましょう。お望みならば、色子がお相手いたしますが」

「いや、それは遠慮いたす。拙者、衆道は好まぬのでな。それより明後日の手筈じゃが、七つに亀戸天神の境内に、そのほう、手勢を引き連れて参るのじゃぞ。拙者が待ち受け、手引きいたす」

「それはありがとう存じます」

二

呉服橋の斉木伊勢守の門前にひとりの町人が現れた。身なりはよく、大店の主人風、顔立ちの整った三十男である。

「お願いがございます」

「なんじゃ」

いかつい顔の門番が睨みつけた。

「わたくし、日本橋芳町から参りました若竹屋竹五郎と申します。奥方様にお取り次ぎ願えますでしょうか」

「なにを申すか」

「いえいえ、怪しい者ではございません」

「ここは表御門じゃ、商人ならば、東の通用門に回るがよい」

「ありがとうございます」

竹五郎は門番に言われたとおり、東の通用門に回る。

「ええ、お願いがございます」

「なんじゃ」

こちらの門番もいかつい顔である。

「お取り次ぎを願います」

「なんの用じゃ」

「奥方様よりご注文の品、整いましてございます。そうお伝えいただければ、わたくし、こちらで待たせていただきますが」

そう言って竹五郎は門番の袖にそっと小粒を忍ばせる。

「おお、そうか。そこで待っておれ」

門番が引っ込み、しばらくして、門前に女武者を思わせる長身の女が姿を現す。

「おお、竹五郎か。例の品が見つかったとは、まことか」

「これは楓様。瑕《きず》ひとつなく、蔵に取り置きしてございます」

「でかした。奥方様は首を長くして待っておられた」

「さようでございますか。もし、ご都合がよろしければ、今すぐにでもご案内できますが」

「なに、芳町にか」

竹五郎は首を横に振る。

「いえ、茶屋は近々町方の手入れがあるとのことで、今大わらわでございまして、例の品は、東両国のさる場所に大切に隠してあります」

「東両国か。それは異なところじゃな」

「はい、人目をはばかりますので、少々怪しげな場所でございます。いかがなされます」

「しばし、そこに待っておれ。奥方様のご意向を尋ねてまいる」

竹五郎は待たされるが、いっこうに応答がない。どうしたものか、待つしかあるまい。そう思ってたたずんでいると、ようやく通用門が開いて、楓を従えた駕籠が現れた。大名家公式の乗物ではなく、お忍び用の二人担ぎである。おそらく身分など差しさわりがあるので、芳町通いはこれを利用していたと思われる。六尺は前も後ろも屈強そうだ。

駕籠の戸が開き、奥方のお鶴が顔を見せる。

「竹五郎」

「はは」

竹五郎は駕籠の脇に跪《ひざまず》く。

「例のもの、見つかったのじゃな」

「はい」

「大儀じゃ。すぐに案内いたせ」

「ははっ」

竹五郎が先導し、駕籠の脇に帯刀の楓が従う。

呉服橋を渡った駕籠は蔵屋敷の横を通って高札場から日本橋を渡り、室町《むろまち》から本《ほん》町《ちょう》通りを東に曲がり、真っすぐ行くとやがて両国広小路に行きつく。見世物や大道の物売り、人出も多く賑やかである。

両国橋を渡ると東両国である。ずっと無口だった楓が竹五郎に言う。

「竹五郎」

「はい」

「そなた、武術の心得があるようじゃな」

「はっ、なんでございますか」

驚く竹五郎。

「動きに隙がない。剣術の修行でもしておったのか」

「滅相な。あ、でも、以前、役者の修業で立ち回りの手本になるかと、町の道場に少しだけ通ったことがございますよ」

「さようか」

「楓様はやはり相当に修行なさったんでしょうね」

「いくら腕を鍛えても、女は武士にはなれぬ。わたしはそれが残念じゃ」

「あ、そろそろ着きます」

本所側にある東両国は西と比べて、より猥雑であり、見世物小屋も総体に安っぽく、下卑たものが目立つ。そんな外れに化け物屋敷の小屋がひっそりと建っていた。

「こちらでございます」

化け物屋敷の入口に駕籠が下ろされ、楓が履物を用意し、駕籠の戸を開ける。

「奥方様、到着いたしました」

「大儀じゃ」

奥方のお鶴が駕籠から外へ出る。

「いつもの茶屋よりも遠かったのう」

そう言いながら、見世物小屋の並ぶ雑多な小路に驚く。

「おお、ここはどこじゃ」

竹五郎が進み出て、恭《うやうや》しく答える。

「東両国でございます」

「さようか。この中におるのじゃな」

「はい、待ちかねておりましょう」

　忍び駕籠とはいえ、立派なこしらえなので、通行人がじろじろと見て通る。楓がふたりの六尺に言う。

「ここは人目がある。そのほうら、駕籠と共にここらをうろつき、一杯ひっかけてから戻ってまいれ」

「ははあ」

「これは酒手じゃ。飲み過ぎるなよ」

　楓から小銭を頂戴し、六尺は頭を下げる。

「ありがとうございます」

「酔って戻って来なければ、これじゃぞ」

　楓は腰の刀の柄《つか》に手をかける。

「いえ、とんでもねえ。必ずお迎えにまいります」

　ふたりの六尺は駕籠を担いで、その場を立ち去る。

「では、中へまいりましょう。どうぞ、こちらへ」

竹五郎はお鶴と楓を中に案内する。

黴《かび》の臭気の漂う小屋におどろおどろしい化け物の衣装や小道具が並んでおり、中央に華美な若衆姿の男がぽつんと後ろ向きに座っている。

「おお、仙之丞」

お鶴の声に、くるりと振り返ったのは仙之丞ではなかった。

「お待ちしておりました。奥方様、お鶴様、いやさ猪婆」

「なにやつ」

「お見忘れですかな。若竹屋の菊三郎でございますよ。さいわい、お相手は一度もしておりませんが」

楓は竹五郎を睨む。

「竹五郎、どういうことだ」

「どうにも、こうにも。あたし、ほんとは竹五郎じゃありませんので」

「ならば、生かしておかぬ」

楓が刀の柄に手をかけると同時に、竹五郎を名乗る男が素早く跳び退く。

「ほう、やはりできるな。貴様、武士であろう」

「へっへ、以前はお屋敷勤めでしたが、今はへらへらと生きております」

お鶴が楓を制する。

「楓、早まるな。そなたの腕なら、この者ども、いつでも殺せる。が、そうたやすく殺《あや》めては、もったいない。この菊三郎、なかなかよい男じゃ。わらわが可愛がって、仙之丞の居場所、口を割らせてからでもよいではないか」

楓は頭を下げる。

「ならば、存分にお楽しみくださいませ」

お鶴は舌なめずりしながら、菊三郎の側《そば》に寄る。

「そなた、面白いところを死に場所に選んだのう。化け物屋敷とは。ふふふ」

「はい、奥方様も楓様も化け物でございますからねえ。それに、この小屋はあたしの親の持ち物でございますよ。あたしはこのお化け屋敷で生まれ育ちました。でも役者になりたくて、家を飛び出し、芝居町で修業しておりましたが、結局陰間になって」

「ほう、色子の身の上話か。それも一興じゃな」

「ならば、もっと申しましょう。あたしの弟もここでいっしょに育ちましたが、やっぱり役者になりたいと、あたしを頼って芝居町に出てきました。でも、駄目ですねえ。結局は色子になって。そうそう、奥方様、あたしの弟をよくご存じでしょう」

お鶴は首を傾げる。

「そなたの弟、そのようなもの知らん」

「いえ、弟は奥方様に可愛がってもらいましたよ。憶えてないなんて、おかしいなあ。名前は桐之介。まだ十四の可愛い弟でしたが」

お鶴は大きくうなずく。

「おお、思い出した。あの小童《こわっぱ》じゃな。

「憶えていてくださいましたか。まだ十四で女も知らぬ初心《うぶ》な弟でございましたが、奥方様にさんざん可愛がられたあげく、首を吊って死にました。少しは不憫と思ってくださいましょうか」

「おお、かわいそうなことをした。まさか、自ら死ぬるとはのう」

「殺されて、吊られたのかと思いましたが、やはり自分から死ぬことを選びました。梁にかけた腰ひもで首を吊り、素っ裸でぶらさがっておりました。まだ女も知らぬ弟の、大事な一物が、無残にもねじ切れていましたので、弟はそれを悲観して自害したのでございましょう」

「哀れよのう。なにも自ら死ぬることもないのじゃ。では、今度はそなたの股間もわらわが食いちぎってしんぜよう」

「お断りいたします、お鶴様、いやさ猪婆」

「さようか。いたしかたない。楓、この者どもを思う存分、斬り刻むがよい。胴斬りは見た目がむごたらしいが、苦しまずに絶命するのが物足りぬ。この下郎ども、一寸刻みに苦しみのたうちまわらせるのじゃ」

「承知いたしました」

楓はすっと刀を抜く。

「待たれよ」

壁に吊られた衣装の隙間から、青白い顔の浪人が姿を現した。

「なにやつ」

「ここは化け物屋敷でござる。ゆえに拙者、あの世からそなたらを迎えにまいった死神じゃ」

楓はうれしそうに笑みを湛《たた》える。

「ほう、これは面白い。一度、できる相手と勝負してみたかった。見たところ、冴えておるな。覚悟するがよい、死神よ」

「みな、さがっておれ」

浪人が菊三郎と偽竹五郎を隅にさがらせる。

「きええいっ」

凄まじい気迫で楓の剣が浪人の頭上に振り下ろされた。

「わっ」

菊三郎が思わず目をおおう。

浪人は目にも留まらぬ速さで跳びすさり、楓の剣は虚しく空を切る。

「歯向かいもせぬ女の腹を切り裂くだけかと思うたが、女武者にしては、なかなかやるのう」

「貴様も思った通りできるな。さあ、抜け」

浪人は柄に手をかけたまま、抜かずにいる。

「お望みとあらば、抜いてしんぜよう。どこからでもかかってくるがよい」

楓は正眼に構えたまま動かず、浪人が刀を抜くのを待っている。

浪人の体がひょいと右にそれた。

「楓、今じゃ」

お鶴の叫びと同時に楓の切っ先が浪人の胸に触れようとしたその刹那、ばしっと音がした。浪人が抜き打ちで楓の腹を皮一枚残して胴斬りにしたのだ。

楓の顔に笑みが浮かび、口から声が漏れた。

「見事じゃ」

がくりと楓の体は崩れ落ち、二つに割れた。

「おお、楓。おのれ」

お鶴は懐剣を抜き、丸腰の菊三郎に躍りかかった。浪人が素早く、その懐剣を叩き落とす。もはや勝てぬとみて、お鶴は戸口まで逃れるが、そこへぬっと鬼面の大男が立ちはだかり、蹴りを入れる。床に転がるお鶴。

菊三郎がお鶴を罵倒する。

「逃げられやしないぞ、猪婆」

「わああ」

戸口からさきほどのふたりの六尺が駆け込んでくる。

真っ二つの楓の死骸とうずくまるお鶴を見て、六尺は叫び声をあげる。

「そなたら、助けてたもれ」

六尺は顔を見合わせる。

「おまえさんたち、伊勢守の家来かい」

偽竹五郎が六尺に声をかける。

「ここは化け物屋敷だぜ。死神の旦那が狐女を成敗した。おまえさんたちも、その猪婆の家来なら、そこにいる鬼さんが首を引きちぎる」

鬼面の大男がうおっと両手を振り上げる。

「違います、違います。家来なんかじゃありませんぜ、ちょいの間、駕籠かきに雇われただけで、給金も満足に貰っちゃいねえんです」

お鶴が六尺に哀願する。

「助けてたもれ。金ならいくらでもくれてやるに」

「どうする。おまえさんたち。屋敷へ戻って、このことを言うなら、俺たちが化けて出るが、いいかい」

「いいえ、家来でもなんでもないんで、二度と屋敷には戻りません」

「ほんとうだな」

「ほんとですよう。ここで見たこと、聞いたこと、決して口外いたしません」

「いい子だ。今日はわずかな飲み代で、担がせて悪かったな。もうどこへでも行っていいぜ」

「へい、失礼いたしやす。ごめんなすって」

「これ、待たぬか。金はくれてやるに」

六尺はお鶴には目もくれず、外へ逃げていく。

「さて、菊三郎」

「はい、死神の旦那」

「この猪婆、弟の憎い敵であろう。煮るなり焼くなり好きにしてよい」

浪人は菊三郎に懐剣を渡す。

「桐之介の死に様を思うと、とても生かしちゃおけないとは思います。でも、弟の仇討ちなんて、逆縁ですから」

「ほう、その通りじゃ」

お鶴が言う。

「逆縁はならぬ」

偽竹五郎がにやり。

「猪婆もこう言ってる。どうする、菊さん」

「人を殺すのはいやです。かといって、逃がしはしません」

菊三郎は荒縄でお鶴を縛り上げ、猿轡《さるぐつわ》を嚙ませる。

「こんな化け物女でもなにかに役立てばいいんですが。ももんじ屋にでも売ろうかな」

もがくお鶴。

「だけど、こんな汚らしい猪、まずいでしょうね。あ、そうだ。あたしはもう芳町には戻れませんし、親父と相談して、今さらながら、親孝行の真似事でもしてみます」

「それがいいよ、菊さん」

偽の竹五郎が言う。

「じゃ、俺たちはもう、行くぜ」

「偽の竹五郎親方、死神の旦那、そして鬼さん、どこのどなたか存じませんが、ありがとうございます。このご恩は忘れません」


偽竹五郎、死神、鬼の三人がお化け屋敷の外に出ると、弥太郎がにやにやして立っていた。

「みなさん、お化けがお似合いですよ。ずっと見物させていただきました」

「おう、弥太さん。うまく、菊三郎が手を貸してくれて、助かったよ」

「お京さんが色子茶屋の客になって、うまく話をつけたんでね」

「ちぇっ、あの野郎、お京さんの言いなりか。ちょっと羨ましいけど」

半次が口をとがらせる。

「でも、このあと、あの奥方をどうするんでしょう。女の胴斬り死体もあのままだし」

熊吉は心配そうだ。

「好きにすればいいさ。あ、あんなところに駕籠がそのままになってるよ」

半次が指さすほうに斉木家の忍び駕籠が置き捨てられている。

「六尺のふたり、担いでいかなかったんだな」

「はい、お化け屋敷を飛び出して、一目散に逃げていきました。熊さんの鬼がよっぽど怖かったんだろうな」

「女の胴斬りが転がってるしね」

「あのふたり、屋敷に知らせに戻るであろうか」

左内が眉を曇らせる。

「いや、そんな義理はないと思います。下手《へた》に戻ったら、お咎めもあるでしょう。悪くすると伊勢守のことだから、お手討ちで首が飛びますよ。給金が安いって言ってたから、空駕籠担いで逃げていけば、道具屋でちょいとした金になるのにね」

「たしかに、なかなか凝った贅沢な駕籠じゃな」

「おう、そうだ」

半次が膝を打つ。

「もう一度、化け物小屋に戻ろうよ」

「なんだい、半さん」

「女の死骸、菊三郎に片付けさせるのは気の毒だ。夜に紛れて大川の魚の餌にするのも、もったいない。あたしらで、もう一度、役立ててみませんか」

「どうするんだ」

「あたしはこのまま竹五郎を続けます」

「うまいもんだね、半さん。本物の竹五郎と見分けがつかないよ」

弥太郎が感心する。

「昨日、用人に化けて若竹屋に乗り込んで本人としゃべったからね。でも、楓に言われたよ。元は武士じゃないかって。ばれないか、ちょっと冷や冷やした」

「知らなきゃ、俺だって半ちゃんとは思えない」

「それはともかくさ、もう一芝居、打ちたくなった。胴斬りを忍び駕籠に乗せて、そっと芳町まで運びましょう。もう辺りは暗くなってきましたから」

三

亀戸天神の境内の茶店で、伊勢守用人の木下新兵衛に扮した半次が二平とふたり、床几《しょうぎ》で茶を飲み団子を食っていた。二平は鋳掛屋ではなく、今日は武士の身なりで腰に刀も差している。

「ふうん、半次さん、さすがに左内さんの剣術、見事な胴斬りだったのですね」

「驚いたのなんの。腹をすぱっと真っ二つに斬られたのに、女が口の中でもごもご、いまわの際に見事じゃって言ったんですから」

「死に際にものが言えるんですか」

「あんなの、あたしも初めて見ましたよ。斬った左内さんも驚いてたなあ」

「じゃあ、前に見た瓦版の夜鷹の胴斬りの絵、女が笑って手招きしてましたが、あながち、でたらめでもないかもしれませんね」

「思うんですけど、あの女武者、あんまり苦しまずに死んだんじゃないかな。名人にすぱっとやられると、痛みを感じる前に絶命するといいますからね」

感心する二平。

「たいしたもんです。それで、芳町まで駕籠で運んだんですね」

「間のいいことに、六尺が駕籠をおっぽり出して、逃げてしまって、空駕籠が置いたままになってたんで大家さんのお指図にはなかったけど、ふと思いついたんです。あたしは竹五郎のまま、左内さんは浪人姿だから担がせるわけにもいかず、弥太さんが前、熊さんが後ろ、前後で高さが違うのが、ちょっと変ですけど、もう暗くなってたし、血はぽとぽと落ちてたかもしれないけど、見とがめられることもなく、若竹屋の前まで運びました」

「でも、店には本物の竹五郎がいるんでしょ」

半次はうなずく。

「はい、いつもはいるんですけど、奉行所の手入れがあるってんで、あちこち口裏を合わせるために出歩いているとかで、それで、今帰ったような顔をして、女の入った駕籠を若竹屋の物置小屋に隠させました」

「本物が帰ってくると、気づくんじゃ」

「そこは運次第。色子茶屋三軒とも、最後まで儲けようと、客は断らずてんやわんやでした」

近くの寺の鐘が七つを知らせる。

「半次さん、七つですよ」

「おっ、そろそろだな」

「明日にでも芳町に奉行所の手が入るんでしょ。忙しい最中に若竹屋の連中、こっちに来ますかね」

「そりゃ、来ます」

　自信たっぷりに請け合う半次。

「色子茶屋はまず間違いなく潰されます。竹五郎の望みの綱は、今となっては伊勢守の向島の遊び場だけですから」

「そんなもの、できるわけないじゃないですか。吉原と陰間茶屋と賭場を合わせたような遊び場が向島の田圃の真ん中になんて」

「伊勢守は本気ですよ。おそらくは寺社奉行をしていた頃から、考えてたんじゃないかなあ。自分は陰間と遊んで、奥方を色子茶屋で遊ばせて、奥方の父親が上様の乳兄弟、そういった縁で、能登守様がいなくなれば、ほんとに老中になってしまうかもしれません」

　顔をしかめる二平。

「とんでもない話ですね。そうなると、やりたい放題か。向島も夢じゃないと」

「はい。で、竹五郎は躍起なんです。尻に火がつく前になんとか邪魔者を片付けないと夢が叶わない。きっと来ますよ。能登守様の命を奪いに」

「そこで、われわれの出番というわけですね」

「能登守様はここを通られますから、あたしの合図で、二平さん、手筈通りに頼みます」

「承知しました。あたしはおまえさんほど芝居はうまくないけど、なんとかやってみます」

しばらくして、竹五郎を先頭に博徒、渡世人、ならず者といったいでたちの男たちが茶店の前に現れる。中には鉢巻、襷がけ、帯に長脇差といった武装の者も数名いる。

「遅くなりました」

「それはいいが、そのほうら、ちと目立つではないか」

「はい、みな渡世人あがりですので、出入りと心得まして」

木下新兵衛に扮した半次は呆れる。

「博徒の喧嘩出入りではないぞ。他の通行人に気づかれぬよう、ま、おとなしく待つがよい」

「ははあ」

「全部で何人おる」

「はい、わたくしを入れて十一名でございます」

半次は男たちを見渡し、人数を数える。

「たしかに十一人、芳町に手下は残っておらんのか」

「はい、茶屋に残っているのは色子と下働きだけでして」

「そのほうら、もう芳町に戻らぬつもりだな」

「どうせ、すぐにもお取り潰しでございましょう。金は別のところに移しましたし」

「殿はそのほうからまとまったものを届けるようにとの仰せであるぞ。いかがいたした」

「とりあえず、かき集めた金。昨日のうちに呉服橋のお屋敷に五百両をお届けいたしました」

「昨日とな。拙者は聞いておらんぞ。そのほう、自ら届けたのか」

「いえ、お殿様から千両でも二千両でもと言いつけられておりましたが、五百両しか用意できず、わたくしが出向くとまたなにか言われて面倒、他にやることもたくさんございましたので、番頭の辰三に持たせました」

「五百両でも大金じゃ。辰三とやら、ここにおるか」

「へい、あっしでござんす」

先日、若竹屋で応対に出た人相の悪い番頭であった。

「ああ、おまえか。五百両、まことに届けたのであろうな」

「嘘偽りはござんせん。ちゃんと受け取りを頂戴し、親方に渡しました。ですよね、親方」

竹五郎は辰三を睨みつける。

「馬鹿っ、親方と呼ぶな。人前では旦那様と呼ぶように、言ってるじゃないか」

「へい」

ぺこぺこ頭を下げる辰三。

「もうよい。わかった。ならば殿もお喜びじゃ。その受け取りの書付、店に仕舞ってあるのか」

「へへ、五百両もの大事な受け取り、ことの成就した暁にわたくしが向島でお役目をいただける証文のようなもの。肌身離さず持っております」

「それで大事ない」

半次は男たちを見回す。

「で、竹五郎、そのほうの手下、これですべてじゃな」

「はい、みんな手柄を立てたいと、ひとり残らず集まりました」

「ならばよい。間もなく能登守の忍び駕籠がここを通る。六尺二名、供侍二名、六尺など相手ではないが、大名の供をするだけあって、二名の武士は剣術の心得ありじや」

　顔を見合わす手下たち。

「そのほうらの得物はなんじゃな」

「はい」

　竹五郎が応える。

「みな、匕首、長脇差、そんなところでございます」

「であろうな。そこで殿よりとっておきのものを預かってまいった。井川《いかわ》殿」

　呼ばれて後ろの席にいた二平がそっと立ち上がる。

「みんな聞くがよい。この御仁は当藩鉄砲方組頭、井川仁左衛門《じんざえもん》殿じゃ」

　二平が前に進み出て、男たちに軽く会釈したので、みな頭を下げる。

「井川殿、例のものを」

「承知いたした」

　二平は後ろにあった木箱を床几に置き、蓋を取る。中に一丁の火縄銃の短筒が納められていた。目を瞠る竹五郎。

「木下様、これはいったい」

「竹五郎、ふたりの供侍は相当にできる。そのほうら十一人、六尺は相手ではなく、能登守も駕籠の中で震えていよう。まず、十人がかりで供侍ふたりを駕籠から引き離す。そして、竹五郎、おまえがこの短筒を使うがよい」

「そんな物騒な飛び道具など、わたくし、見たことも触ったこともございません」

「わかっておる。今から井川殿が説明なされる」

半次は二平を促す。

「井川殿、お願いいたす」

「承知つかまつった。竹五郎、近う寄れ」

「はあ」

竹五郎は渋々、前に進む。二平は箱から短筒を取り出し、みなに見せる。

「そのほうら、見るのは初めてか。そうであろう。江戸ではご禁制の品である。お上のお許しなく所持しているのが万が一わかれば、御仕置《おしおき》は間違いない」

竹五郎はぶるっと震える。

「竹五郎、そのほう、煙草《たばこ》は吸うのか」

「はい」

「煙草入れは持っておるか」

「ここにございます」

懐から煙草入れを出す。

「火打袋もあるな。なければ貸してつかわす」

「いえ、ございます」

「では、よく見ておれ」

二平は短筒を示す。

「火縄銃であるから火をつけ、引き金を引くと、この筒先から弾が飛び出て、相手を倒す。よいか、ここが火縄じゃ。まずここに火をつける。煙草に火をつける要領で火打石を使え。ここが火皿で火薬が入っている。火皿の蓋が火蓋じゃ。火縄に火をつけ、火蓋を切り、つまり、この火蓋を開け、引き金を引く。わかったか」

半次が竹五郎に命じる。

「よし、短筒を受け取れ」

竹五郎が怖々、短筒を受け取ったので、二平は微笑《ほほえ》む。

「どうじゃ。そのほう、できそうか」

うなずき竹五郎が火打石を取り出したので、二平が制する。

「まだ、火をつけてはならん。手違いで弾が飛び出し、当たれば死人や怪我人が出る。音も大きいので、騒ぎになる。よいか。丁寧に扱うのじゃぞ」

頭を下げる竹五郎。

「では、そろそろ能登守の駕籠が通る刻限じゃ。みな、配置を決めるぞ」

半次は紙を取り出す。

「よいか。この図面」

指で位置を示す。

「ここがこの茶店じゃ。駕籠はこの通路を通る。この位置に来たとき、井川殿が爆裂弾を駕籠めがけて撃ち込まれる。それを合図にみな、躍り出るがよい」

二平が言う。

「竹五郎、火打石で火縄に火をつけるのに、少々手間取るはずだ。ゆっくり煙草を吸っておれ。合図とともに、火縄に煙草の火をつければ、すぐに撃つことができる」

竹五郎は短筒を構えて頭を下げる。

「木下様、井川様。念のいったお指図、ありがとう存じます」

「みな、心して聞くがよい。決して斉木伊勢守の名を出してはならぬぞ。伊勢守に命じられて能登守の命を狙ったなどとは、申すでないぞ。では、それぞれ、持ち場につくのじゃ」

「ははあ」

牧村能登守の乗る駕籠が柳島町《やなぎしまちょう》から天神橋《てんじんばし》を渡り、亀戸町に入る。忍び駕籠なので家紋はなく、二人担ぎで武士が前にひとり、脇にひとり。前の武士はと見ると、これが田所町の大家勘兵衛なのだ。若狭介の指示で、能登守を亀戸の茶屋に案内する役目を仰せつかり、束の間侍姿に戻っている。

能登守の供侍はまだ若く、無口とみえて、ほとんどしゃべらない。

ばーん。

駕籠が亀戸天神の鳥居に差し掛かると、前方で二平が用意した花火が爆発し、通行の参拝客など、あわてている。六尺は足を止め、駕籠を置く。

「新吾《しんご》」

駕籠の中から能登守が供侍を呼ぶ。

「ははっ」

新吾と呼ばれた供侍が駕籠に身を寄せ跪く。駕籠の戸を開け、能登守が不安そうな顔を見せる。

「今の音はなんじゃ。いかがいたした」

新吾がなにか答えようとしたそのとき、周囲から声を上げて、無頼の渡世人たちが駕籠に押し寄せる。

「曲者っ」

叫ぶ新吾。

渡世人のひとりが長脇差を振りかざすが、新吾の剣が抜き打ちで相手を斬る。同時に勘兵衛も自分に向かってくる男を斬り、駕籠に駆け寄る男たちを睨む。

「みんな、怯《ひる》むんじゃねえぞ。数はこっちが上だ。お供を狙えっ」

竹五郎の叫びで、匕首や長脇差を構えた無頼たちがふたりを攻めるが、新吾も勘兵衛も手当たり次第に斬り捨てる。怖気づいた四人の渡世人が逃げ出すが、通りすがりの飴売りや小間物屋や大男に取り押さえられる。

駕籠に筒先を向ける竹五郎。身をもってその前に立ちふさがる新吾。

「お命頂戴」

狙いを定め、竹五郎が引き金を引いたが、かちっと音がしただけで、弾は出ない。

「くそっ」

短筒を投げ捨て匕首を抜く竹五郎を、勘兵衛が叩き伏せる。

騒ぎを遠巻きにしていた群衆の中から、町役人らしき町人が駆け寄る。

「いかがなされましたか」

駕籠の戸をそっと閉める新吾。

「そのほうは」

「はい、亀戸町の町役人を務めます讃岐屋五兵衛《さぬきやごへえ》と申します」

「町役、ここにおわすは」

駕籠の中から能登守の声。

「これ、新吾、忍びであるぞ」

「ははっ」

新吾はうなずき、町役の耳元で囁く。

「うわ、ははあ」

町役は大慌てで駕籠の前にひれ伏し、地面に頭をつける。

「夕刻も近い。先を急ぐぞ」

「御意」

新吾は町役人の讃岐屋に言う。

「讃岐屋五兵衛」

「ははっ」

「あとの始末、そのほうに任せる。無法の輩《やから》は生死を問わず、南町奉行所に引き渡すようにいたせ」

「ははあ、承知つかまつりましてございます」

駕籠の周りに死人が六体。讃岐屋は駆けつけてきた番屋の番人や地元の御用聞きに指図し、生き残った五人の無法者を縛り上げる。

「よし、行くぞ」

「へい」

新吾の合図で六尺が駕籠を担ぐ。

「町役。あとはよろしく頼んだ」

「ははあ、お任せくださいませ」

能登守の駕籠は勘兵衛の案内でそのまま東に進む。町役人に指示された御用聞きが十手《じって》を手にやじ馬を遠ざけながら駕籠に従うが、途中で帰される。

瀟洒《しょうしゃ》な茶屋の前で駕籠は止まり、能登守が外へ出る。勘兵衛は茶屋の入口に声をかける。

「お着きでござるぞ」

戸口で茶屋の主人と奉公人が出迎える。

「ようこそ、お越しくださいました」

鷹揚にうなずく能登守に勘兵衛は頭を下げる。

「それがしの役目はここまででございます。これにて」

「おお、そうか。案内の者、そのほう強いのう」

「畏れ入ります」

「名はなんと申す」

「権田」

そう言いかけて、息を呑み込む勘兵衛。

「権田勘兵衛にございます」

「ふふ、権田か。若狭殿もよいご家来をお持ちじゃなあ」

四

それぞれの膳の上の土鍋の中ですっぽんの切り身が煮えている。

「ほう、これがすっぽんでござるか。わしは初めてじゃ」

「さようですか。能登守様、古《いにしえ》より、初物を食すと七十五日長生きすると申します。

このすっぽん、滋養があり、若さを保つ妙薬とも。いつまでも健やかであらせられますように」

「ほう、若さとな。若狭殿はそれでいつもお若いのであろう。鶴は千年、亀は万年というが、すっぽんも亀じゃからのう」

「この茶屋はわが下屋敷からは近うございますが、滅多にはまいりません。ですが、すっぽんは好物でございます」

箸で切り身を器に取り、薬味を絡めて口に入れると、美味が口中に広がる。

「わしはとんと下戸《げこ》であるが、若狭殿、せっかくの料理じゃ。遠慮はいらぬ。御酒を召し上がりなされ」

若狭介は首を横に振る。

「いいえ、わたくし、さほど酒は嗜みませぬ。わずかな量で恥ずかしながら酩酊いたし、せっかくの料理を味わうこともできませんので」

「さようか。今日は遅参いたし、すまなんだのう。思わぬ邪魔が入ったのじゃ」

「うかがいました。無頼の者どもがお駕籠に狼藉を働きましたそうで。ご無事でなによりです」

「ふふ、大事ない。わしの供は手練れじゃ。それにしても、そこもとが寄こされた案内の者、できるのう。見事に何人も倒したぞ」

「はい、当家でも腕の立つ強者《つわもの》で、なにかあってはと思い、案内に差し向けました。このような江戸のはずれの侘しい茶屋にお招きして申し訳なく存じます」

「お気になさるな。このように美味なすっぽんを味わえるのも、そこもとのおかげじゃ。うれしく存ずる」

「過分なるお言葉、ありがとうございます」

能登守はふと思案する。

「天満宮の前で無頼の者ども十人ばかりが襲ってきおって、罰当たりな者どもじゃ。だがのう、みな無宿のごとくに見えたが、中に一名、短筒を所持しておった」

「なんと、それは面妖でございますな」

「六名はわが警護の者と、そこもとからの案内の権田勘兵衛が斬り捨て、存命の者は町方に引き渡され、南町奉行所に送られ吟味となろう」

「ならば、仔細は知れましょう」

「うむ。ところで、先日そこもとが申されたご政道のことであるが」

若狭介は身を乗り出す。

「わたくし、寺社奉行にも京都所司代にもなっておりませんのに、能登守様に老中に推挙していただき、感謝いたしております」

「そのことでござるか。そこもともよく申される。前例にとらわれずともよいと」

「はあ」

「井坂日向守殿が突然に亡くなられた折、空席をいかに埋めるか、みなで思案したのじゃが、財政逼迫を改善するには、そこもとがお国元でなされた業績が見事であったので、わしが他の老中を説得した。わしの狙いは間違ってはいなかったはずじゃ」

「ありがたきお言葉。その折に、斉木伊勢守殿も老中を願っていたと、あとで知りましたが」

「そうなのじゃ。まず家柄からすれば、そこもとも三河以来の譜代で松平、伊勢守殿は大奥に受けがよく、御年寄が味方しておった。しかし、業績は芳しからず。重税と圧政で国元は疲弊しておる。奥方の里が上泉周防守殿。それら縁故だけで、暗愚な者を老中に迎えるわけにはまいらぬ。そこで名君と名高いそこもとが選ばれたのじゃ」

「名君などと、お恥ずかしゅう存じます」

「ご謙遜無用じゃ。先日、評議で決まった色子茶屋の件、南町の磯部大和守に伝えたので、すぐにも動くと思うが、そこもと、伊勢守殿の奥方の茶屋遊びのことで、なにか存じているのか」

「詳しくは存じませぬが、奥方が芳町の若竹屋という茶屋に入り浸っているとの噂を耳にいたしました。こんなことが表沙汰になれば、一大事ではございませぬか」

「うむ。大名の奥方が風紀の乱れに関与すれば、まずは押し込めであろうか」

「改易などは」

「斉木家は越後岩田藩六万石、潰せば多くの家臣が路頭に迷う。巷《ちまた》に浪人が増えれば、治安が乱れる。そうじゃなあ。奥方は押し込め。伊勢守はやはり隠居といったところか。世継ぎがあれば、家督相続すればよいだけのこと」

「なるほど、能登守様。それがなにより穏便でございますな。奥方も押し込めとなれば、座敷牢が待っているのですな」

「さらに厳しいのが他家預けでの。己の屋敷ならば座敷牢でも贅沢はできるが、他家では窮屈であろう」

若狭介は安心したように能登守にすっぽん鍋を勧める。

「さ、もっとお召し上がりくだされ」

「うん、これで七十五日生き延びた」

「お代わりはいかがでございます」

「いただこう」

「かしこまりました」

手を打って店の者を呼ぶ若狭介であった。

町奉行所の役人が芳町の色子茶屋三軒を手入れし、隅から隅まで取り調べた。

主人の若竹屋竹五郎はすでに捕らわれ、三軒とも金目のものはなく、帳簿は庭で焼き捨てられていた。

入口が閉鎖され、客は寄りつかず、見張りの渡世人もおらず、三軒の色子たちはおろおろしているばかりであった。色子の数は三軒合わせて四十三人、女の奉公人はおらず、世話をする下働きの十二、三歳の小僧が八人。全員を捕縛して奉行所に引っ立てるわけにもいかず、松竹梅のうち真ん中の若竹屋に集めて、数名の同心が聞き書きを行った。

「うわああ」

庭を探索していた小者が大声をあげる。

「どうした」

駆けつけた同心に物置小屋を指さす小者。

異様な臭気に同心は鼻を押さえながら中を覗くと、贅沢な駕籠があり、開いた戸の中で血まみれの女の胴斬り死体があった。

同心は色子たちを順番に庭に呼び、見知った女かどうか確かめさせた。

「あ、楓様です」

何人かの色子が女を知っていた。

「ここの客か」

「はあ、奥方様のお供でいつも来ていた女武者の楓様です」

「奥方様とはだれだ」

色子たちは顔を見合わせる。菊三郎から聞いて知っている。若い桐之介を嬲《なぶ》り殺した猪婆の名前。

「言え。言わんとためにならんぞ」

「申し上げます。奥方様は、お鶴様です」

「お鶴様だと。どこの奥方じゃ」

「呉服橋の斉木伊勢守様の奥方様です」

緊急の呼び出しを受けた斉木伊勢守は江戸城本丸へ出頭した。

導かれた先は二十畳ほどの老中御用部屋で、五人の老中が列座し、他に大目付岩瀬《いわせ》摂津守《せっつのかみ》、南町奉行磯部大和守が顔を揃えて待ち構えていた。

「それがし、大目付岩瀬摂津守でございます。伊勢守様、お呼び立てして、申し訳ございませぬ」

大目付に言われて、伊勢守はじろっと一同を見回す。

「みなさま、お揃いで、それがしになにか御用でございましょうかな」

摂津守が問う。

「少々お尋ねしたい儀がございましてな。伊勢守様、あなた様のご妻女お鶴様は今、どこにおられましょう」

「おお、そのことでござるか。ここ二、三日前から出かけておりますが、なにか」

「どちらへお出かけでございましょう」

「はて、どこへ行ったものか、それがし、見当がつきませぬ」

「ご存じないのですかな」

「はあ、信心深い女子でして、ときどき寺参り、お籠もりなどいたしますが、それがし、奥向きにはあまり口出しいたしておりませぬので、とんと存じませぬ」

「それはいささか、不行き届きではありませんかなあ」

「申し訳ござらぬが、して、鶴になにかご不審のことでもございましょうか。あるいは何かの評定でござるかな」

「いえいえ、評定というより、お尋ねしたいだけのこと。お籠もりならば、お鶴様の供はだれかおわかりでしょうか」

「さあ、わかりかねまする」

「さようでござるか。供はいつも楓と申す女武者ではございませぬか」

伊勢守はうなずく。

「そういえば、その者がいつも鶴の側についておりました。なにぶん、鶴は上泉周防殿の娘でございますので、周防殿より召し使うようにと送られた者にございます」

「実は伊勢守様、お鶴様は芳町の色子茶屋を頻繁に訪れておられましてな」

「色子茶屋ですと。まさかそのような下賤なところへ」

摂津守は南町奉行磯部大和守と顔を見合わせる。

「では、それがしから申し上げましょう。南町奉行磯部大和守でござる」

大和守が言う。

「近頃、芳町の茶屋で風紀の乱れありとの申し出がありまして、昨日、色子茶屋三軒を取り調べましたところ、一軒の茶屋より女人の胴斬りに斬殺された亡骸が忍び駕籠より見つかりまして」

「へっ」

伊勢守は驚く。

「店の者に確かめさせたところ、斉木伊勢守様の奥方の供で頻繁に店に通っていた楓と申す女子であることが判明いたしました」

「なんと、楓がそのようないかがわしい場所に出入りしておりましたか」

「さようでございます。店の者は伊勢守様の奥方様も若竹屋を頻繁に訪ねておられたと申しておりますが」

「さあ、それがしにはなんのことやらさっぱりわかり申さぬ」

「伊勢守様は色子茶屋の主、若竹屋竹五郎をご存じありませぬかな」

「知らんのう」

大和守は一枚の書付を一同に示し、伊勢守に見せる。

「この書付に見覚えはございませぬかな」

「さて」

「伊勢守様より若竹屋竹五郎への金五百両の受け取りでございます」

「ますますもって、なんのことやら。そのような金子、受け取った覚えはござらぬ」

「この書付は縄を受けた竹五郎が所持しておりましたもの。奉行所内で本人を責めましたら、ありのままに答えました」

「そのような罪人の申す事、偽りでござろう」

「なにゆえ、竹五郎が罪人と思われますかな」

「色子茶屋で女が殺されたのであれば、その嫌疑でござろう」

「ところがそうではない」

　大目付摂津守が言う。

「実は、そこにおられるご老中首座の能登守様が亀戸天神の近くで無頼の者どもの襲撃に遭われてな。無頼どもを先導いたしておった頭目を捕らえたところ、その者が所持しておったのが、その五百両受け取りの書付でござる」

　青ざめる伊勢守。

「なんのことやら」

　町奉行大和守が一丁の短筒を取り出す。

「伊勢守様、これに見覚えはございませんかな」

「おおっ」

「ご存じですな」

「いや、知らん。そんなもの、見たこともない」

「これも竹五郎が所持しておりました。竹五郎が申すには、伊勢守様よりのご依頼で、無頼を集め、能登守様のお命を狙ったとのこと」

「馬鹿なっ」

「この短筒も伊勢守様より預かったと自白しましたので、書面にしてございます」

大和守は書面を一同に示す。

打ち震える伊勢守を大目付摂津守が促す。

「では、伊勢守殿。これより評定所にて取り調べをいたそうと存ずる。皆様方、御異存ございませぬか」

牧村能登守が満足そうにうなずく。

「老中一同、異存ござらぬ。存分に吟味なされよ」

大目付と町奉行に挟まれ、伊勢守は力なく退出する。

「能登守様、驚きましたぞ」

森田肥前守が目を丸くしている。

「そのようなことがおありでしたか。ご無事でなによりでございます」

大石美濃守も心配そうに尋ねる。

「しかし、なにゆえ伊勢守が能登守様のお命を狙うのでしょう」

「決まっておる。一度老中になりそこね、寺社奉行も解任され、わしがいなくなれば、自分が老中になり、政《まつりごと》をほしいままにする所存であったのじゃ」

「摂津守殿はどう裁かれますかな」

「切腹は免れぬが、御家断絶だけは避けたいのう。これが忠臣蔵《ちゅうしんぐら》なら、伊勢守は塩《えん》冶判官《やはんがん》、わしは高師直《こうのもろのう》でござる。一年後の浪士どもの討ち入りだけはお断りじゃ」

牧村能登守は声を出して笑い、老中一同もつられて、御用部屋は明るい春の空気に包まれた。


二月も晦日《みそか》となり、田所町の亀屋の二階に勘兵衛長屋の一同が顔を揃えた。上座の勘兵衛の隣で井筒屋作左衛門がいつもの福々しい笑顔を湛えている。

「いやあ、みなさん、このたびのお働き、実に見事でしたなあ。お殿様も大変満足なされたとご家老よりうかがいました。では、晦日ですので、いつもの店賃でございます」

「久助、頼むよ」

「はい、旦那様」

勘兵衛に言われて、久助が作左衛門の前に進み出て、受け取った店賃をそれぞれに配って回る。

「おっ、いいねえ。今回は五両ですね。いつもいつも過分に頂戴して」

半次が浮かれる。みんなも包みを大切そうに押しいただき、うれしそうだ。

「みなさん、お殿様が感心しておられたのは、瓦版一枚からまたもや大きな悪事を、よくぞ炙《あぶ》り出したと」

「ほんと、ぞっとするような瓦版でしたわ」

お梅に言われて、玄信がうなずく。

「人の生き死にを面白おかしく読売にする瓦版。そこには悲しい真実が隠されているのですよ。殺された夜鷹にも人知れない思いがあったのです」

しんみりとする玄信。

「ま、そういうことで、みんな、思う存分飲んでおくれ」

「待ってました」

「井筒屋の旦那、いつもありがとうございます」

「では、いただきます」

「やっぱり酒は伏見だなあ」

隣に酌をする者、手酌で飲む者、思い思いに喉を潤す。

「拙者、思いますに、あの胴斬りの絵、斬られた夜鷹が笑っていたのは、真実に近いのかもしれませぬ」

「左内さんに斬られた女武者も胴斬りにされて、死に際に見事じゃ、なんてね」

「半次殿、その話はやめてくだされ。酒がまずくなる」

「こいつは失礼しました」

　作左衛門がその後の経過を伝える。

「悪事の大元、斉木伊勢守が切腹になりましたが、斉木家はお取り潰しになりませんでした。老中首座牧村能登守様のお命を狙ったのは、竹五郎が色子茶屋を潰された逆恨みということで片付きまして、向島の桃源郷の話も詮議されず、伊勢守が腹を切っただけで済みました。奥方お鶴の色子茶屋での乱行も本人が行方知れずでお構いなしです」

　勘兵衛もうなずく。

「若竹屋で見つかった女武者の亡骸や五百両受け取りの書付や短筒まで証拠が揃っていても、当主の切腹だけとは穏便ですね。竹五郎は獄門、子分の四人も死罪打ち首でしょ」

「はい、御家を潰さなかったのは、浪人を出さないようにという能登守様の意向だそうでしてね。家督相続は嫡子の若様で、そう悪い噂もなさそうです」

「それなら、まあ、よしとしますかな。今回のわれらの世直しは」

「あたしはあの短筒には驚きましたよ。けっこう贅沢な代物で」

二平が言う。

「二平さんが弾を抜いたまま竹五郎に渡したんですよね」

「ええ、大家さん、竹五郎は短筒の扱いは知りませんから、なんとかなりました。ほんとに弾が出て、ご老中に当たると大変ですから。それにしても、大家さん、さすがにお強いですね。あっという間に三人斬ったでしょ」

勘兵衛は亀戸天神の応戦を思い浮かべる。三人の無法者を斬った。武士としていつでも死ぬ覚悟はできている。とはいえ、殺生は初めてのことで、後味は悪かった。今後も世直しを続ければ、また人を斬るかもしれない。できれば、そうならないことを願う。

「だけど、大家さん、あれ、ほんとに伊勢守の持ち物だったんですか」

「ふふふ」

お京が笑う。

「あたし、伊勢守の奥方に張り付いて、呉服橋の屋敷の奥の天井裏から様子をうかがっていたときに、殿様がうれしそうに短筒を取り出して、撃つ真似をしているのを見て、これは使えるんじゃないかと、そっと拝借してきたのよ」

「お京さん、隠密よりも盗人が向いてるんじゃねえの」

「半ちゃんたら、嫌い」

口をとがらせるお京。

「それにしても、みなさん、ほんとに手際がよろしいですな。瓦版の裏話を玄信先生が探り、勘兵衛さんが同心から夜鷹の居場所を聞き出し、お京さんがお仙の長屋を見つけ、徳次郎さんが色子茶屋に行きついたんですよね」

徳次郎が首を振る。

「いえ、お仙から色子茶屋に行きついたのは、熊さんのおかげです」

「えっ、あたしはなにも」

熊吉は大きな体で首を振る。

「熊さんの箸を納めている堀江町の荒物屋、そこの娘のお鈴がお仙の家に居候《いそうろう》しているお鈴と同じだとわかり、これが色子茶屋の仙之丞といい仲だったんで、あとはいろいろとつながったんです」

「そうそう、佐野屋の話ですが」

作左衛門が思い出したように言う。

「来月、といっても三日後の三月三日、お雛様の節句の日に祝言があるんですよ」

「えっ」

熊吉が驚く。

「まさか、お鈴ちゃんが」

「そうだよ、熊さん。お鈴さんが婿を貰うことになってね」

「婿って、あの」

「うん、もと色子の千太郎」

あんぐりと口を開ける熊吉。

「いいんじゃないの。万事丸く納まれば。だけど」

お梅がつまらなそうに言う。

「あたし、今回はなんにもしてませんけど、いいのかしらねえ」

「いいんですよ。お梅さんはいてくれるだけで、ありがたい」

「大家さんにそうおっしゃっていただくだけで、あたし、うれしいです」

「あ、ひょっとして、お梅さんにも仕事があるかもしれません」

「ほんとですか、井筒屋さん」

「うん、佐野屋さんが祝言を急ぐのは、どうやら、お鈴さんがお目出度《めでた》なんじゃないかってね。そのときは、お梅さんが取り上げれば」

「まあ、あたしに出番がくれば、なによりですわ」

「なにはともあれ、めでたし、めでたし」

一同を見渡し、盃を傾ける勘兵衛であった。


日本橋堀江町の荒物屋、佐野屋の前で熊吉はふと立ち止まる。風呂敷の中には今月納める六十膳の箸。初めてこの店に来たときのことが頭に浮かんだ。下谷の親方のところから箸を届けに来たとき、声をかけてくれたのがお鈴だった。それからいろいろあって、婿を貰ったなんて、めでたくもあり、寂しくもあり。

「ごめんくださいまし」

「へーい」

小僧の末松がぺこりと頭を下げる。

「いらっしゃいまし。旦那様、熊吉さんがお越しですよ」

「ああ、いらっしゃい」

帳場の伝兵衛はいつもと変わらない。

「旦那、このたびはおめでとうございます。承りますれば、お嬢さんがお婿さんをお貰いになったとのこと」

「ああ、ありがとうよ」

「知らなかったもんで、お祝いにもうかがわず、失礼いたしました」

「なあに、そんな心配はいらない。ごく内々だけで、祝言もひっそりと挙げたんでね」

「じゃ、お婿さんが若旦那ですね」

「まだ、若いんだよ。娘と同い年なんだから」

「へええ」

「堺町で芝居茶屋の番頭をしてたそうで、そこで娘が見初めてね。それで、去年は縁談を断って、まあ、なんとか納まってほっとしてるんだ」

「さようですか。あたしがこちらへお箸を納めさせていただいているのは、お嬢さんに気に入っていただいたからとうかがっています」

「おお、そうだったな。おーい、お鈴、いるかい」

伝兵衛は奥に向かって声をかける。

「なあに、おとっつぁん。あら、熊さん、こんにちは」

奥から出てきたお鈴が熊吉に笑いながら会釈する。

「お嬢さん、このたびはおめでとうございます」

「あら、いやだ。恥ずかしいわ」

お鈴は袖で顔を隠すようにする。

「若旦那は今、いらっしゃらないんで」

「うちの人、ちょいと両国のほうまで出かけてるのよ」

「両国ですか」

「そうなの。知り合いが見世物小屋でお化け屋敷をやってるから、いっしょに行こうって言われたんだけど、あたし、怖くてそんなのいやだって断ったら、ひとりで見に行ったわ」

「そうですか。若旦那にも挨拶したかったたな。じゃ、あたしはこれで」

「熊さんも元気でね」

「はい、ありがとうございます。旦那、ごめんくださいまし」

「ご苦労様」

東両国の見世物小屋は今日も賑わっていた。なかでも化け物屋敷が人気で、物見高い客が詰めかけている。

入口で年配の男が口上を言う。

「さあさあ、寄ってらっしゃい、見てらっしゃい。越後の山中で民を食い殺す化け猪、御領主様が猟師に命じ、ようやく捕獲されたるは、身の丈五尺二寸、獣と思えば人にも見える、人かと思えば獣に見える。げに恐ろしきはその姿、これが生きた鶏を食いまするる。さあ、どうぞ、御覧あれ」

小屋の壁には猪女が鶏を食いちぎっているおどろおどろしい絵看板が掲げられている。小屋の中から鶏の鳴き声ときゃあという見物人の悲鳴。千太郎は看板を見上げ、入るかどうか一瞬迷ったが、踵《きびす》を返してその場を無言で立ち去った。

時代小説

二見時代小説文庫

お化《ば》け退治《たいじ》　大江戸秘密指令《おおえどひみつしれい》4

二〇二四年　三　月二十五日　初版発行

著者　伊丹《いたみ》　完《かん》

発行所　株式会社　二見書房
〒一〇一-八四〇五
東京都千代田区神田三崎町二-一八-一一
電話　〇三-三五一五-二三一一［営業］
　　　〇三-三五一五-二三一三［編集］
振替　〇〇一七〇-四-二六三九

印刷　株式会社　堀内印刷所
製本　株式会社　村上製本所

ISBN978-4-576-24007-7
https://www.futami.co.jp/